◎《中华诗词》类编

青春诗会诗词选

《中华诗词》杂志社 编

中国书籍出版社
China Book Press

图书在版编目（CIP）数据

青春诗会诗词选/《中华诗词》杂志社编. -- 北京：中国书籍出版社, 2022.10

（《中华诗词》类编；2）

ISBN 978-7-5068-9206-3

Ⅰ.①青… Ⅱ.①中… Ⅲ.①诗词—作品集—中国—当代 Ⅳ.①I227

中国版本图书馆CIP数据核字（2022）第175380号

青春诗会诗词选
《中华诗词》杂志社　编

策划编辑	师　之
责任编辑	宋　然
责任印制	孙马飞　马　芝
封面设计	张亚东
出版发行	中国书籍出版社
地　　址	北京市丰台区三路居路97号（邮编：100073）
电　　话	（010）52257143（总编室）　（010）52257140（发行部）
电子邮箱	eo@chinabp.com.cn
经　　销	全国新华书店
印　　刷	廊坊市金虹宇印务有限公司
开　　本	787毫米×1092毫米　1/16
字　　数	129千字
印　　张	10.5
版　　次	2022年10月第1版　2022年10月第1次印刷
书　　号	ISBN 978-7-5068-9206-3
定　　价	432.00元（全9册）

版权所有　翻印必究

目录

第1届青春诗会

魏新河 | 鹧鸪天·高空断想　1

尽　心 | 七夕　1

王恒鼎 | 杜鹃花　2

杜琳瑛 | 卜算子·梦桃　2

丁　梦 | 鹊桥仙·梦之灵　2

吴江涛 | 故园　3

林　峰 | 临江仙　3

王震宇 | 大刀歌　3

郑雪峰 | 登岳阳楼　4

张脉峰 | 游赤壁陆水湖　4

王飞鹏 | 秋波媚·避雨公园，见修竹绝类陶山故居　5

刘　嶓 | 鹧鸪天·早春游桃园　5

高旭红 | 蝶恋花·丙子中秋望月，感慨香港回归喜赋　5

胡朝明 | 浪淘沙　6

蔡正辉 | 风筝　6

孙红光 | 清晓　6

马湘君 | 登泰山　7

刘彦君 | 卜算子　7

张　超 | 虞美人　7

张文廉 | 诗思长共花争发
　　　　——《中华诗词》首届青春诗会侧记　8

第2届青春诗会

张青云 | 癸未重九时在上海　12

陈伟强 | 梅花　12

程羽黑 | 九灵图　13

康卓然 | 怀杜甫　13

朱宝纯 | 雪思　14

谢庆琳 | 最高楼·休追忆　14

李立中 | 怀张楚平词长　14

刘万飞 | 黄山行　15

婉　臧 | 春思　15

高　昌 | 一剪寒梅　16

王　旭 | 鹧鸪天·草原　16

徐　述 | 《中华诗词》第2届青春诗会侧记　17

第3届青春诗会

瞿茂松 | 村居书感　23

曾俊甫 | 相逢　23

王小娟 | 高阳台·双双燕　24

涂运桥 | 临江仙·夜巡有感　24

吴　菲 | 行香子·初夏游莲花山　24

沈云枝 | 无题　25

崔栋森 | 那罗岩漫兴　25

朱荣梅 | 春日有感　25

李济州 | 龙　26

迟永捷 | 菩萨蛮·怀乡　26

徐若梦 | 登汉阳门　27

张洪恩 | 白洋淀随想　27

徐　述 | 《中华诗词》杂志社第3届青春诗会综述　28

第4届青春诗会

赵　缺 | 河滨清洁工　32

韩林坤 | 江梅引·赏菊　32

伊淑桦 | 初夏　33

袁　昶 | 山泉　33

杜艳丽 | 卜算子·夜思　33

石印文 | 西湾春望　34

樊泽民 | 沙湖　34

刘立杰 | 西江月·寒秋独步　34

张荣昌 | 观虹　35

朱　婷 | 早春　35

刘宝安 | 风流豪唱大江东

　　　　——《中华诗词》2006年青春诗会侧记　36

第5届青春诗会

杜　斌 | 喜雨　41

沈利斌 | 过南京长江大桥　41

李映斌 | 答友人　42

侯连云 | 抒怀　42

马　琳 | 翻作席慕蓉《一棵开花的树》　42

啸　尘 | 梦母　43

郑　力 | 峨眉山　43

阎　俊 | 秋居　43

彭德华 | 沁园春·返乡　44

尚洪涛 | 登黄鹤楼　44

张潮波 | 南乡子·登望江楼　44

刘宝安 | 矢志远航把日衔

　　　　——《中华诗词》2007年青春诗会侧记　45

第6届青春诗会

伦　丹 | 鹧鸪天·中秋望月　51

关燕苹 | 浣溪沙·早春　51

白凌云 | 南乡子·河　52

金　中 | 抒情小夜曲　52

张　伟 | 游三道岭水库　52

李　骥 | 题五角屋　53

陈　斐 | 致抗震记者　53

徐国民 | 闲居　53

李令计 | 夜访寺　54

祝君达 | 盛世情结　54

胡子华 | 观雨　55

高满凤 | 月夜怀故人　55

刘宝安 | 翠华来日正清秋

　　　——《中华诗词》2008年青春诗会侧记　56

第7届青春诗会

王　晶 | 玉楼春　63

曹　辉 | 唐多令·为何　63

段爱松 | 小重山　64

王纪波 | 重阳节呈冯老　64

时　晨 | 古巷　64

蔡　娜 | 蝶恋花·观湘江岸景　65

李　珑 | 田园春五首（选一）　65

陈泽兰 | 夏夜访邻　66

王明鹏 | 虹　66

刘宝安 | 青春气吐风云色

　　　——《中华诗词》2009年青春诗会侧记　067

第8届青春诗会

陈　亮 | 鹧鸪天·秋恋　72

齐　凯 | 游园观画　72

周晶晶 | 有感　73

三　林 | 采茶　73

高志发 | 毕业十年观留念有感兼忆诸同学　73

韩丽阁 | 寻梦人家　74

寇春连 | 行香子　74

甄德如 | 朝中措　74

严　雯 | 秋庭月　75

王鸿云 | 送别　75

刘宝安 | 登高小试风云笔

　　　——《中华诗词》2010年青春诗会侧记　76

第9届青春诗会

韦树定 | 望岳　80

刘如姬 | 临江仙·豆豆狂想曲　80

徐立稳 | 冬季拉练　81

关波涛 | 千龙湖　81

陈正印 | 题驿头村老人院　81

李伟亮 | 夜半途中　82

赵林英 | 桃花谷赏桃花不得　82

赵子龙 | 中秋寄友　82

刘玉红 | 无题　83

王秀华 | 读吕公眉先生《山城拾旧》　83

张　雷 | 与妻子同游周郎赤壁　83

刘宝安 | 良才会青春　妙笔信如神

　　　——大石桥青春诗会侧记　84

第10届青春诗会

黄晋卿 | 永川梨花歌　86

杨　强 | 夏日田村风雨　87

张彦彬 | 长沙　87

徐俊丽 | 山居　87

徐凌霄 | 临江仙·过故人庄　88

汪业盛 | 归去来兮　88

王　维 | 黄海演习　88

赵海萍 | 诉衷情·天河山挂件　89

丁浩然 | 鹧鸪天·新登鹳雀楼　89

邱艳燕 | 咏杜甫　89

刘宏玺 | 登越秀山　90

潘　泓 | 诗家清景在新春
　　　　——2013年《中华诗词》张家界武陵源青春诗会侧记　91

第11届青春诗会

白云瑞 | 女同学结婚有赠　95

王永收 | 打铁汉　95

曾小云 | 题莫愁湖半开海棠　96

张友福 | 闻一年轻失明者乞唱有寄　96

吴宗绩 | 海滩小憩　96

姜美玲 | 一剪梅·白玉兰　97

邱　亮 | 彭秀模教授九十椿寿　97

耿立东 | 酒后戏作兼赠羊城诸友　97

王海亮 | 甲午初春杂感　98

谢文韬 | 假中闻当地多名官员因贪腐入狱有感　98

赵日新 | 和诗友配图诗《拾秋叶》　98

潘　泓 | 问渠那得清如许　为有源头活水来
　　　　——《中华诗词》2014年延安青春诗会侧记　99

第12届青春诗会

朱思丞 | 巡边　102

芮自能 | 定风波·题社区女警陈怡　102

陈慧茹 | 凌霄花　102

张月宇 | 离粤返湘道中作　103

张小红 | 题老病返乡的打工者　103

杜悦竹 | 登泰山　103

孙守华 | 竹扫帚　104

陈鸿波 | 登永济鹳雀楼　104

崔杏花 | 夏夜游荷池　104

胡江波 | 愧赠河东成君　105

曾入龙 | 初夏　105

渠芳慧 | 临江仙　105

郭文泽 | 玲珑四犯·红梅　106

肖弘哲 | 旅夜书怀　106

邹　路 | 踏春　106

潘　泓 | 借他晴碧景　抒我海天情
　　　　——《中华诗词》2015年青春诗会侧记　107

第13届青春诗会

哈声礼 | 河口观涛　109

马腾飞 | 喝火令·青春　109

陆修远 | 浣溪沙·秋登灵均台　110

李　红 | 秋行　110

黄康荣 | 蝶恋花　110

郭亚军 | 喝火令·蔷薇园　111

安洪波 | 晨跑　111

徐中美 | 答谢泰州秦鸿兄持赠《履错集》　111

夏　苏 | 临江仙·月夜怀远　112

辜学超 | 代悲打工人　112

潘　泓 | 诗林新叶发铜城
　　　　——纪念红军会宁会师80周年《中华诗词》白银青春诗会侧记　113

第14届青春诗会

蒋本正 | 六十三团治沙有成："人进沙退"诗以咏之　116

陈少聪 | 浣溪沙·赠威宁诸诗友　116

耿红伟 | 檐间避雨记　117

唐云龙 | 与友约酒　117

韦　勇 | 浪淘沙·梧州博物馆见汉代玛瑙珠串　117

刘　洋 | 水龙吟·步刘征先生韵贺中华诗词学会创建三十周年　118

张佳亮 | 河北挂云山抗日六壮士跳崖处怀古　118

李昊宸 | 雪夜与初中诸友聚会　119

王文钊 | 临江仙·中秋　119

张孝玉 | 夏日即事　119

武立胜 | 建安风骨入诗来
　　　　——2017年《中华诗词》许昌青春诗会侧记　120

第15届青春诗会

李兴来 | 乡思　124

赵云鹏 | 聒龙谣·游广西宁明县花山岩画文化景观　124

禚丽华 | 浣溪沙·踏青　125

薛　景 | 小重山·赋天堂鸟　125

张伟超 | 重过鸡鸣驿　125

张思桥 | 临江仙·凤城怀古　126

吴　楠 | 沁园春·为三十六岁生日而作　126

李俊儒 | 归乡杂感　127

晏水珍 | 贺勇哥侬侬姐喜结良缘　127

刘　博 | 无题　127

武立胜 | 云弄竹溪月，诗妆新泰天
　　　　——2018年《中华诗词》新泰青春诗会侧记　128

第16届青春诗会

胡　维 | 登岳阳楼　132

李　点 | 晨游圆明园口占　132

陈植旺 | 白露夜汕头东海岸凭栏　133

丁　昊｜戊戌小满夜看钱江　133

毛维娜｜鹧鸪天·一夜花开　133

李　洋｜临江仙·街边电话亭　134

宋华峰｜示班级早恋学生　134

楚　雪｜山居　134

王淑贞｜满庭芳·桃花　135

郭小鹏｜秋夜乘公交末班车晚归　135

武立胜｜让诗词变得有滋有味
　　　——2019年《中华诗词》盐城大洋湾青春诗会侧记　136

第17届青春诗会

王敏瑜｜春日夜步思抗疫事　139

唐本靖｜临江仙·暗恋　139

白存权｜小桥丽影　140

金　旺｜有感两年青春诗会落榜　140

曹　杰｜登阅江楼　140

黄伟伟｜鹧鸪天　141

孙双凤｜劳动合同续签　141

彭　哲｜泸州玉带河公园作　141

龙　健｜因疫未外出　142

龚晴宜｜旅居绮色佳城冬夜有作　142

李岱宸｜日月潭游　142

武立胜｜"云上"的浪漫诗旅
　　　——2020年《中华诗词》青春诗会侧记　143

第18届青春诗会

毛华兵 | 秋冬谒金龙寺　147

王映锦 | 北坡亭雅聚分得亭字　147

刘子轩 | 浣溪沙·梦中过碧云寺醒记之　148

刘佛辉 | 修山　148

吕星宇 | 春来　148

郭子思 | 清平乐·读杜诗辛词　149

段春光 | 乌恰夜怀　149

徐小平 | 过雅州二仙桥　149

晁金泉 |【双调·折桂令】题十八届青春诗会　150

樊　令 | 水调歌头·斤岭古道　150

胡　彭 | 太行之山何崔嵬　岩幽谷隐藏风雷
　　　　——第18届《中华诗词》青春诗会侧记　151

第1届青春诗会

魏新河

鹧鸪天·高空断想

广大时空一苇航,左看细柳右扶桑①。袖中太古风云气,胯下中天日月光。　　新世纪,旧行藏。百年短促地球忙。来生纵有三千次,不及星河一寸长。

注:①《论衡》:"日旦出扶桑,暮入细柳。"

尽　心

七　夕

此夜西山下,同来听雨声。
银河浮鹊影,玉露证鸥盟。
天上难消恨,人间未了情。
良宵无好梦,何必怨卿卿?

王恒鼎

杜鹃花

点染春山别样红,笑迎细雨与斜风。
存心考验痴情汉,特向危崖绽一丛。

杜琳瑛

卜算子·梦桃

客里念乡关,今又和煦。几度桃红似火燃,梦里归乡去。　　叠叠复重重,眷眷情无数。何日攀枝折满怀,慰我乡思苦。

丁　梦

鹊桥仙·梦之灵

彩霞有幸,艳阳共庆。雪月风花美景。朝朝暮暮醉红尘,漫步在、云中小径。　　青山留影,蓝天做证。似水柔情如梦。年年岁岁伴真纯,是已是、三生缘定。

吴江涛

故　园

恰恰娇莺啼晚芳，菜花簇簇梦犹黄。
儿童放学吹芦管，老叟牵牛踏夕阳。
一片相思萦皓月，几丝情愫动诗肠。
归来且向庭前坐，笑问谁家米酒香？

林　峰

临江仙

　　眼里芭蕉青未了，桂香浮动新愁。故人已上木兰舟，愿随东逝水，遥共海天秋。　　不唱阳关肠也断，乱红吹入江楼。问君此去可淹留？别时忘执手，长记一回眸。

王震宇

大刀歌

　　村叟集古游四乡，归执大刀登我堂。睥睨不语突起舞，凛凛满室飞秋霜。收刀顿作金鸡立，掷刀于案声琅珰。我观此刀诚古物，重铁厚脊夹精钢。红锈如花渐斑驳，其锋未灭柔而刚。叟言此物不易得，欲让识者永珍藏。我闻此言推刀笑，此物于人非祯祥。今我公门忝微禄，退食犹可安农桑。

与世无争人无忤，焉用此物肆张狂。仁者亦非不尚武，示之以力慎杀伤。叟拍案起曰否否，子言谬矣目且盲。白昼残人事岂鲜，甚者如虎次如狼。丈夫七尺鸿毛轻，当车要敢拼螳螂。此刀一式原有二，一以献子一自将。子鄙凶器乃不屑，我欣佳物还成双。言罢径取大刀去，余我独坐心惶惶。

郑雪峰

登岳阳楼

高矗层楼楚水边，我来风雨正茫然。
三湘草木迷秋气，万里江湖涨暮烟。
忧乐孤臣垂笔重，登临多士问谁贤。
青衫吊古情何极，频拍栏干恨不传。

张脉峰

游赤壁陆水湖

陆水风清思绪翩，山峦叠翠柳如烟。
笙歌一曲柔肠断，孤棹轻挥刺破天。

王飞鹏

秋波媚·避雨公园，见修竹绝类陶山故居

真真未敢负前盟，萦梦竹青青。休分宾主，又因风雨，共听秋声。　　乡音客里无多变，留待互相听。三生知己，卿如菊瘦、我比梅清。

刘　嶓

鹧鸪天·早春游桃园

二月桃花已占春，不胜春雨雨频频，是谁摘去东皇色？唯我偷来香几痕。　　人半醉，醉黄昏，流霞一盏意醺醺。韶华若共三春驻，常引诗魂入梦魂。

高旭红

蝶恋花·丙子中秋望月，感慨香港回归喜赋

帘外清光明素壁，举目青天，冰魄洗一碧。伫立凉阶清照里，谁知深拜团圆意。　　欣喜彩云归故里，一曲高歌，唱彻霜天寂。梦度香江秋水丽，紫荆花畔好风细。

胡朝明

浪淘沙

　　晶雪掌中看，往事如烟。孤行人自览银川，寂寂桦林归去后，难梦童欢。　　撕了数回笺，笔乱依然。羞言不觉换流年，谁识无眠今夜月，心在天山！

蔡正辉

风　筝

　　身微骨傲志飞天，不做凡尘一纸鸢。
　　若是线丝无制约，拼将全力到云边。

孙红光

清　晓

　　清晓梧桐画阁闲，柔枝传曲度芳年。
　　晨风似解清时乐，昨夜依稀送管弦。

马湘君

登泰山

魂梦廿余年，今朝在泰安。
心随旭日去，兴伴彩云还。
松籁山中静，月光水底闲。
野花怜远客，摇曳两相欢。

刘彦君

卜算子

天水紧相连，不似人离远。明灭寒星点画船，孤影灯前宴。　　相聚梦双飞，争奈相逢短。暮暮朝朝雨与风，花落如人散。

张　超

虞美人

霸王出世风云咤，驰骋乌骓马。佳人婉娈唤虞姬，百战中原一路伴麾旗。　　楚歌夜半终分手，马送乌江走。头颅万户故人情，不尽大江千古作悲声。

| 青春诗会诗词选 |

诗思长共花争发
——《中华诗词》首届青春诗会侧记

张文廉

2002年11月18日至20日,《中华诗词》首届青春诗会在北京举行。来自全国九个省市19位代表,为繁荣诗词创作、振兴中华诗词事业,从祖国的四面八方汇聚首都。中华诗词学会和北京诗词学会的负责人及著名诗人、学者孙轶青、刘征、郑伯农、周笃文、杨金亭、段天顺、张结、欧阳鹤、丁国成、石理俊等到会祝贺并讲话。本刊编辑部张文廉、刘宝安、李书贵等也参加了会议。

会议由本刊编委、编辑部主任张文廉主持。中华诗词学会副会长、主编杨金亭致开幕词。他首先代表编辑部全体同仁,向参加首届青春诗会的19位诗词新人表示欢迎和祝贺。他说:我们的青春诗会是为了打破诗词队伍的老化而培养和造就一代诗词新人的战略工程,而首届则意味着这一工程的奠基。希望与会的年轻诗友珍惜这一难得的机遇,正所谓"浣花纸笺风云色,好谱青春壮丽诗"。希望大家在党的十六大精神的鼓舞下,应和着时代的主旋律,努力继承前人文化精华,勇于开拓创新,善于用自己的声音,为最广大的人民歌唱,为开创中华诗词新纪元、重建诗国辉煌,不断做出新的贡献!

中华诗词学会孙轶青会长代表学会向大会祝贺,并做重要讲话。

他说：中华诗词属于先进文化的范畴，理所当然地成为社会主义精神文明建设的组成部分。所以，从事诗词创作，开展诗教活动，都是为促进先进文化发展做贡献。从当前看，中华诗词出现了断代现象，这是不正常的，是历史的悲剧。现在，这种青黄不接的局面已有所改变。中华诗词已得到各级领导、各界人士的关怀、热爱。只要我们沿着正确的方向努力，坚持"二为"方向、"双百"方针，大力培养青年作者，实施精品战略，诗词队伍的老化问题将成为过去，到一定的阶段，还可转化为优势。希望全国能有更多的年轻人加入到诗词创作队伍中来。诗词的大发展、大繁荣，靠的就是这些年轻人。理论上创作上都要有创新。希望青年诗人们，勇于创新，立大志，向大家奋进，争做时代的歌手。最后，孙老强调，诗词创作培养接班人问题，是一个长期性系统工程，不是一代人能解决了的，需要多少代人实行接力赛方可完成。

随后，参加青春诗会的青年作者即分四个小组，开始改稿。每一位学员自选十首诗，经本组老师辅导和诗友帮助，共同修改，定稿。两天半的改稿期间，周笃文、杨金亭、欧阳鹤等老师和作者们都十分认真，彼此切磋，相互学习，取长补短，谈艺论诗常常到深夜。经过反复推敲，严格筛选，最后从19位代表的作品中选出100余首于本期刊出，所选诸作各体皆备，风格不同。

魏新河与尽心是当代诗坛有影响的青年诗人。魏新河为职业飞行员，著有《秋扇词》《孤飞云馆诗集》。他多才多艺，幼习书画，尤工诗词。以其空军飞行员得天独厚的条件，用奔雷掣电之笔，写银汉碧霄之奇，创新境界，别开生面。如《水龙吟》："翻身北去，日轮居左，月轮居右……今朝任我，乱星里，悠然走。"《云上飞行》：

"直下人间一千尺，划开云幕快如刀。"《将自成都飞至西安》："寄语谪仙举头望，翻从蜀道上青天。"其大型组诗《西湖竹枝词》写得清新俊逸，自然流畅，很有情致，如："桂子余香在布衫，忽教一梦失江南。未干身上西湖雨，那信窗前雪正酣。"

尽心为中国海关国家公务员，年轻的中国作协会员，诗词活动家，著有《二十四番花信》《三十而丽》等。她以诗词、散文创作为主，是当代青年女诗人中的佼佼者。诗风清新自然，有女子风韵，有青春气息，善于细腻地抒写情怀。如《旧梦》："情债从来未许赊，隔年同品隔宵茶。千帆过尽行人老，旧梦还归旧岁华。"意谓情若成债则全无赊欠之理，然而欠下后却终生无法还清。过尽千帆皆不是，隔年再见恍如隔世，举杯同品隔夜的酽茶，别是一番滋味在心头。

吴江涛毕业于武汉大学，可以说是诗词走进大学校园的自觉实践者。他的诗清新流丽，极富时代气息，"玲珑心似痴情女，嫁与图书不用媒""雅韵牵魂心上曲，狂潮下海耳边风"，体现了作者不同流俗的情怀。"堪叹星多遮眼黑，更怜舞乱竞唇红"，是对现实弊端的讽刺。"儿童放学吹芦管，老叟牵牛踏夕阳"，是对故乡的眷恋。写景状物，历历如画。

王恒鼎的《卜算子·借书》受到与会者的一致好评。此词直抒胸臆，不假雕饰，语近情遥，很容易让人联想起李之仪的"我住长江头"之作。七律《并书房于厨房》写得诙谐亲切，体现了知识分子安贫乐道的传统本色。《观升旗仪式》"广场肃立人如海，都为灵魂洗礼来"，应属主旋律作品，写得生动真切，通过细节表达宏大的主题，可谓不落俗套。

杜琳瑛是一位民营女企业家，其诗淡雅宜人，有如西子湖畔的杨柳风，读后真让人不敢相信该诗出自一个一年前还不懂诗词格律的新手笔下。"我是杜陵枝上叶，诗心长向圣人开"，不错，单是和诗圣同一个姓氏就足以令人自豪了，何况东阳的杜姓又确实是南宋年间自陕西杜陵迁来的呢。杜琳瑛的诗才应该与此有点关系吧？"效仔虚心持向上，不成大器亦参天"，作者是商海中人，但爱静耽佳句，不鹜繁华，在今天这个时代便越发显得可贵。

丁梦有着一个极富诗意的笔名，她的词作也一样空灵纯美，"未饮先醉，欲走还留，最是情真"，文字细腻动人。林峰的"伊是青灰侬是水，相融即为百年身"，咏水泥而出新意。王震宇这位关东大汉，诗风雄健，《拟吾家梵志》古绝句："鹦鹉传人语，一字不增删。人若传人语，平地起波澜。"冷冷道出，有寒气逼人之感。刘嶓是一位成功的白领女士，但她的词却少了几分飒爽，多了几分婉约。张脉峰热爱诗词事业，是本次青春诗会的赞助者。张超受过高等院校的系统训练，目前因工作方便可随时请教于诗词界的名家前辈，因此诗艺进步较快，所作不落凡俗。其作品有对情感的执着，有对世相的调侃，有对时贤的速写，均语工而意稳。《青春诗会剪影》脱胎于杜甫的《饮中八仙歌》，师古而能出新，堪称力作。

"已见凌云势，长松勃勃苗。"从以上首届青春诗会新人的诗作中，我们看到了中国当代诗词的希望，这是对所谓"夕阳文学"的最好回答。让历史记住，源远流长的中华诗词已后继有人，青出于蓝而胜于蓝！

2002年12月16日

2003年第1期

第2届青春诗会

张青云

癸未重九时在上海

登临无计觅高冈,海地蛮天怨转长。
斯世吾能吟九辩,昔功人自颂三湘。
酸甘生味催头白,饾饤悲欢逼句苍。
剩有红萸相晤对,小斋如舸度重阳。

陈伟强

梅 花

缟衣素履足风流,敛绪怀芳倚玉楼。
香冷应知蝶难近,韵清唯有竹堪俦。
空山流水悠悠梦,明月飞霜淡淡愁。
试问百花零落后,一分春色为谁留?

程羽黑

九灵图

　　青莲居士诗之龙，叵测玄天钩晓风。观天术士相沥血，千载不能明其踪。浣花野老诗之象，巨牙力足划叠嶂。肃杀天地草木悲，迤遭万兽谁与抗？！龙象之前陈子昂，癯然仙鹤悠悠翔。潇洒出尘玄裳杳，白云不敢阻翼芒。高洁故有诗猿号，右丞与鹤相呼啸。长臂戏剑幽篁间，清徽流转通灵调。纶音散绝西凉州，岑参汗马穿清秋。苜蓿焉支肥堪食，不饮渭河脂粉流。复有狂狮久伏莽，电爪斯须撕豺党。皮血大书昌黎名，诸灵从此陷板荡。林中亦闪旌旗高，虞人一夜惊熊咆。整弓来寻栖兽处，除老除死皆弃巢。弃巢尽投乐天幕，诗蛇独餐丁香露。露结艳血声娇狞，长吉忽喷氛氲雾。氛氲雾，引妖狐，妖狐物化李氏姝。激丹唇锁幽兰笑，义山自可以倾万世之名都。

康卓然

怀杜甫

千里湘天一派秋，茫茫云水自孤舟。
多尊诗圣实情圣，每见民忧即我忧。
妻子同怜鬓新雪，山河回望泪横流。
岂知今日文章事，花月春风总不休！

朱宝纯

雪 思

小轩炉暖夜深深,快雪时晴待晓寻。
一派江山琼世界,风来可许作春吟?

谢庆琳

最高楼·休追忆

休追忆,追忆枉伤神。空有泪相陈。当时骄日风同赤,如今冷月雪如银。不思量,还自盼,见伊人。　也莫道、隔山愁断路,也莫道、暮云遮眼苦,长只是,印心魂。任它夜月乌啼重,只当飞絮梦中泯。笑鸥盟,浑忘却,在凡尘。

李立中

怀张楚平词长

湖海飘零久,怀师动远神。
鸡虫轻得失,啸咏乐昏晨。
西岙山前月,马鬃岭外云。
何时更沾露,花雨落纷纷。

刘万飞

黄山行

才临山半寺，疑是到仙家。
谷静松流韵，崖悬石竞花。
天梯登愈险，云海幻而佳。
极目江湖远，坐观万缕霞。

婉 臧

春 思

谁言春梦了无痕，一缕相思点绛唇。
去岁桃花仍斗艳，今朝人面已难寻。
欣闻诗苑芳菲绽，遥忆云山月影深。
可叹光阴如逝水，劝君惜取眼前人。

高　昌

一剪寒梅

未向芳林锦阵排，寒香依旧顶寒来。
冰心何必蝶蜂绕，玉骨岂甘霜雪埋。
梦里疏枝随梦剪，诗中清影伴诗裁。
花红料是情难禁，不等春风即自开。

王　旭

鹧鸪天·草原

塞外初秋喜嫩寒，羊肥牛壮马儿欢，蓝天万里云如絮，绿野无边草似毡。　　披彩甲，跨银鞍，那达慕上角弓弯。牧民手捧哈达献，蒙古包前醉不还。

《中华诗词》第2届青春诗会侧记

徐　述

　　2004年10月24日到27日，《中华诗词》杂志社举办的第2届青春诗会在京举行。来自全国9个省市自治区的11位青年诗友出席会议，他们是从40名报名者中遴选出来的。中华诗词学会及《中华诗词》杂志社负责人孙轶青、刘征、郑伯农、周笃文、杨金亭、张结、欧阳鹤、丁国成到会祝贺。杨金亭、张结、周笃文及编辑部蔡淑萍、赵京战、刘宝安、张力夫自始至终参加了会议。会议由本刊副主编、编辑部主任蔡淑萍主持。

　　在24日上午诗会开幕式上，中华诗词学会副会长、《中华诗词》主编杨金亭致开幕词。他首先阐述了举办青春诗会的意义："往近处讲，为改变诗词作者队伍老化状况；往大处讲，为培养诗词人才，推动诗词创作从活跃向繁荣发展。"他认为，诗是青春的文学样式，年轻人走上文学道路往往从写诗开始，所谓"诗有别才"的"别才"，主要指强烈的情感、丰富的想象力和较高的悟性，这三点不是青年的专利，但是青春生命的特征表现，青年是诗歌的未来和希望。《中华诗词》有责任为年轻的诗词作者的成长创造条件、提供舞台。他强调青年是打基础的年华，希望青年诗友不要满足于发几首作品，而是要加强人格修养和文化修养，站高点，看远点，沉得下心，耐得住寂寞，师古师今师洋师新诗，向"做大诗人"的目标锲而不舍地努力，在继承前人的基础上力争在某一点上超越前人，写出自己的风格，真正享受诗词创作的审美愉悦。

孙轶青会长代表中华诗词学会向与会诗友致以良好祝愿。他说，自己由于曾长期从事青年工作，对青年有特殊的感情；又多年负责中华诗词学会的一些工作，对诗词也有着特殊的感情。希望青年诗友爱诗就要爱到底，切实努力，为诗词繁荣做出自己的贡献。

刘征先生在讲话中强调旧体诗词形式的重要性，勉励青年诗友多读古代大家的名作，而对有的大诗人，则要读他的全集，还要多读其他的书，如野史，当代和外国的图书也要广泛涉猎。刘征先生将自己新出的诗集《风花怒影集》分赠给到会的每一位诗友。还当场给来自内蒙古的王旭改诗，说明改诗的重要性，告诫年轻人写诗不要率尔出手，作品要争好，不要争多。他还建议学会和杂志社今后多开这样的小会，大家在一起认认真真地切磋改诗，以期切切实实提高诗艺。

郑伯农常务副会长在讲话中鼓励大家诗词创作不仅要出精品，还要有力作。"力作"就是有时代的大气、力透纸背的作品，也就是臧克家先生说的"大诗"。他要求大家拓宽阅读面，关心种种文艺思潮，丰富自己的阅历和生活，用自己的诗歌表现人民的悲欢离合和感情愿望。

来自重庆西南政法大学的大四学生康卓然代表与会诗友发言，感谢《中华诗词》杂志社为大家提供了很好的学习条件，表示一定要十分珍惜向前辈请教和同诗友交流的机会，争取通过这次学习，创作水平有所提高。他还就诗词进大学校园的问题提出了一些很好的建议。

24日下午，与会诗友围绕继承、创新、提高诗词创作水平等话题，结合自己的创作实践，进行座谈讨论。大家有备而来，畅所欲言，气氛热烈。

来自上海的张青云，原籍重庆市云阳县，因三峡库区移民到上海郊区落户。他只有高中学历，生活也比较艰辛，是自学成才、有一定实力和影响的青年诗人。他在谈到继承的问题时，没有介绍自己读过的众多古籍，而是认为自己有三点失误：一是学习历代诗歌作品不够系统化，多年来只在唐、宋、清三代徘徊，忽视了先秦以至汉魏六朝大量优秀作品，导致营养失衡；二是穷心力于律绝，忽视了古体诗的学习与创作，以致不能运用多种形式去表现有关题材，时有捉襟见肘之感；三是单纯重视对一流诗词大家的学习，言唐贤则李杜，学宋调则苏黄，忽略了向更多的古代优秀诗人学习，未免狭隘，可见其对自己要求之高、之严。在谈到创新与提高时，他强调时代精神的凸现与题材的开拓，重点介绍了根据自身经历创作的描写三峡库区移民外迁的七绝组诗；强调学诗做学问，不可独行无友，要勤向良师益友请教；强调对历代散文、笔记、小说、史学典籍乃至科普著作，皆能广事博览，以求厚积薄发。张青云的这些见解无疑是有一定深度的。由于他注重从古人诗作经史中汲取营养，又能结合时代精神，已逐渐形成较为鲜明的个人风格，在海内外报刊上发表诗词作品及论文200余首（篇）。2002年秋，上海金山电视台录制播放了《张青云的精神家园》专题片（上下两集），金山区文广局广播专题部录制了《心灵的沃土——访三峡移民诗人张青云》广播专题片。他的诗句如"魏阙悯农嗟跬步，有司立法奈横行""商女但知阿堵物，更无人效李香君""但说号子佳，孰知纤夫泪"，或写切身感受，或写所见所思，均有一定现实针对性和艺术感染力。

来自福建的陈伟强,说话低声细语,是一个文质彬彬的人。他在介绍自己的学诗体会时,同样特别强调要善于向古人学习,或广学多闻,博采名家,或择其性情所近,选择一家而一门深入。他自己是先学李商隐,后学"性灵派",追求一种空灵香艳的风格。他认为所谓创新首先要"新"在艺术手法上,要"悟",也就是从想象力上超越前人。在文字表达技巧上,他重视"婉转含蓄"和比兴的运用。他的咏梅句"春魂愿化寻香蝶,去落江南第一枝",咏落花句"桃花下了芳枝,飞入佳人玉卮。素指拈来春色,轻轻碾作胭脂",也确实颇具阴柔之美,有他自己的风格。

16岁花季少年程羽黑,是出席本次诗会最年轻的诗友。有一点本应在大家意料中却又多少有些出乎大家意外的是,"学问"大于许多成人的黑黑,并非一副小学究样,举手投足、一颦一笑仍是一派天真。只有他开口与人交谈时,人们才会惊讶于他的超常的阅读量与领悟力,认为他确实是个"奇才"。会上,他坦陈自己的诗观,"诗的作者不仅生活在当代,还应该向过去、向未来、向一切时间延伸,向一切空间扩展,突破一切限制,罄力探求这种艺术的无限可能性"。他认为写诗就要让人觉得你的诗与别的作品不同。他说自己写诗在章法上比较下功夫,希望每首诗都有一个全新的结构。他还应大家的建议,对他的《九灵图》《寓言》等几首诗做了诠释,加深了大家对这些诗篇的内容和艺术技巧的理解。会下,黑黑更是一个健谈的少年,他和陈伟强谈佛,道经典,和婉臧谈中外小说,和赵京战谈飞天科技,和蔡淑萍谈唐宋诗词流派与大家名作……他还对许多哲学、政治、社会问题发表卓有见地的意见,深得诗友们的钦佩和喜爱。

座谈会上,每位诗友对于诗词创作的见解体会,可谓各有特色,言如其人。曾相对缺少学诗条件的朱宝纯认为学诗首先要有真兴趣、真性情,才能持之以恒并取得成绩;工科博士生刘万飞认为写诗不仅要用形象思维,也要用逻辑思维;学法律的康卓然认为写诗主要要写自己的思想,写自己的良心;华中科大青年教师、博士生婉臧盛赞中国古典诗歌是超越时空的精神家园,今人学诗必须切实继承传统,将健康高尚的情感渗入作品之中;苏州的谢庆琳诗风婉约,深感诗的抒情达意应该跳出个人小圈子,向观照民族、民生意识努力,追求一种"大精神";新闻工作者高昌认为诗人应该诚恳地面对生活,诗要为时所用,为世所用,为人生所用;经营文具店的李立中认为青年人还要在继承上多下功夫,学有所成再求新求变;蒙古族诗友王旭强调用真诚的心感受生活,用自己的笔描写生活,不要人云亦云。他们的作品也基本上体现了自己的这些指导性观点。

25日、26日两天,诗会安排切磋改诗。每位诗友自选作品十首,相互交流,逐人讨论。大家各抒己见,指出别人作品的优长和不足之处,提出修改建议,气氛十分融洽。杨金亭、张结、周笃文三位前辈诗家,此前已仔细阅读了青年诗友们的作品,在改稿会上,他们的评点以至一个字、一个句子的改动,往往使年轻人茅塞顿开;他们的引申阐述也极大地丰富了年轻人的理论知识;他们切中肯綮的批评意见和语重心长的谆谆告诫,也令年轻人深为折服。大家十分庆幸能得到几位老师带研究生似的细致教诲,认为通过这样的面对面改诗,对提高自己的创作水平,有实实在在的大帮助。

27日,与会诗友列席了在中华诗词学会会议室举行的庆祝《中华诗词》创刊十周年座谈会,见到了一些久已心仪的诗界前辈,聆听了他们的讲话,也了解了《中华诗词》从无到有、由小到大的发展历程，为本次诗会画上了圆满的句号。

从2002年11月的首届青春诗会和本次会议取得的成果看，举办青春诗会是培养新人的卓有成效的做法之一。今后，青春诗会将作为本刊例会每年举办一次。相信只要如此以往坚持不懈地努力，青年人将逐步成为诗词创作队伍中的主力军，中华诗词亦必将焕发出青春的光彩。

2004年第12期

第3届青春诗会

瞿茂松

村居书感

青山只被白云封,九曲羊肠山外通。
苞谷满陂如列阵,修篁绕屋自摇风。
朝堂选将尊擒虎,墟落求贤访卧龙。
莫问樽前悲老大,世间草莽困英雄。

曾俊甫

相　逢

得此相逢忘杞忧,微言渐契百年谋。
天开雪域心俱洁,事为痴情梦尚求。
数载曾劳鸿燕苦,一樽终抱酒诗酬。
何当携手高城外,并数星沙十万楼。

王小娟

高阳台·双双燕

悄合芹泥，娇分翠尾，双双影渡波寒。忽响惊弦，无端折羽桥前。蓬莱已是盈盈指，奈参差，不到三山。晚难寻，偎暖圆沙，叠水春船。　　繁星数到三更鼓，仍萤灯隔梦，蝶影飞闲。欲不思量，可怜心静尤难。怨魂一缕归何处，倩朱缨，丝系巢边？怕来年，絮又沾帘，烟又浮栏。

涂运桥

临江仙·夜巡有感

风雨如磐何所惧？戎衣立尽余寒。英雄埋骨有青山。荣名身外事，心系万民间。　　醉里豪言君莫笑，前途道道重关。战歌声里月初残。壮怀时刻在，夜夜国门边。

吴　菲

行香子·初夏游莲花山

仄径如绳，翠盖如亭。溯溪流、迤逦山行。黄花漫引，青蝶相迎。正鸟声啭，蛙声脆，水声清。　　闲挐石凳，醉倚苍藤。望遥岑、叠嶂围屏。畅君胸次，动我诗情。渐松风缓，暮云淡，月华明。

沈云枝

无　题

多年烈火养金丹，万水千山未解鞍。
为觅拈花莲上意，屡参面壁默中禅。
红楼说梦痴休怪，白露为霜夜渐寒。
心境空时亲佛性，暗香盈袖梦幽兰。

崔栋森

那罗岩漫兴

古刹天工嵌碧崖，含丹吐翠每相偕。
风回古陌犹凉腋，雾染新埤欲湿鞋。
半榻檀烟澄俗梦，一窗竹影抚幽怀。
尘缘底事观清净，应有晨钟荡积霾。

朱荣梅

春日有感

今年又四月，春色绕山城。
岸上花飞蝶，门前柳系莺。
天边云有梦，桥下水含情。
望断他乡路，离离芳草生。

李济州

龙

幽深潭底卧，沉睡不知年。
快雨豪风作，乘雷上九天。

迟永捷

菩萨蛮·怀乡

梦中碧海盈春色，梦回寂寞天边客。残月入孤怀，西风吹雨来。　　苍山烟霭重，隐隐箫声动。欲语寄行天，明朝何处寻。

徐若梦

登汉阳门

同上高城望四方,云天烟水两茫茫。
滔滔涌浪逐飞舸,飒飒层林斗晚霜。
崔颢楼头传妙笔,禹公矶上送斜阳。
书生亦解英雄气,一曲狂歌酹大江。

张洪恩

白洋淀随想

醉赏新荷细雨中,兰舟摇曳袖生风。
苇塘深处桨声起,指点芦花说雁翎。

|青春诗会诗词选|

《中华诗词》杂志社第3届青春诗会综述

徐 述

　　《中华诗词》杂志社第3届青春诗会，于2005年11月13日至15日在京举行。湖南、吉林、江苏、福建、湖北、山东、河北、广东等省的12位青年诗人被邀请参会（其中两位因邮件投递延误或临时工作原因未能到会）。他们中有学生、教师、农民、工人、医师、公务员，最年轻的刚20岁。自《中华诗词》杂志社刊出举办第3届青春诗会通知后，共有全国各地95位青年诗词作者积极报名，编辑部从应征稿中遴选出12位参与本届诗会。青春诗会是《中华诗词》杂志社为推出新人、繁荣诗词创作而采取的重要举措，每年一届，并有意逐渐扩大规模，今年未能受到邀请的及更多的青年诗人，今后都还有机会参加《中华诗词》杂志社举办的青春诗会。

　　13日上午，诗会举行简短的开幕式。《中华诗词》主编杨金亭、张结，常务副主编丁国成、赵京战，顾问周笃文、欧阳鹤，中华诗词学会秘书长王德虎出席开幕式。杨金亭主编首先致词，向与会青年诗人表示欢迎，并重点介绍了当前诗词界的形势。他认为自20世纪80年代中华诗词开始复苏以来，经过20多年的发展，已初步走向繁荣。其标志是：第一，出现了一批诗词佳作；第二，出现了一个中青年实力派诗人群体；第三，开始形成了一些已具雏形的诗词流派，如三友诗派、新边塞诗派、新田园诗派、竹枝词诗派等等。为保证诗词不断发展，实现真正的繁荣，培养新人是诗词界一项战略任务。他希望广大青年诗词作者应有立志做大诗人的气魄，锲而不舍地追求，提高自己的人格修养和文化修养，努力提高创作水平，锻炼培养诗词活动的参与和组织能力，为振兴诗词尽到自己的责任。他说，缪斯是青春的爱侣，青春是诗歌的花季。诗要求它的创作主体——诗人，具有和它的言志抒情的本质特征相适应的天赋，或曰"别才"。人的青春时期，恰是诗人的天赋别才得以淋漓尽致地发挥并开花结果的季节。他祝愿与会青年诗人及广大青年诗词作者创作丰收，诗艺日进！

来自华中科技大学的在读研究生徐若梦代表应邀与会的青年诗人发言，感谢《中华诗词》杂志社为青年人提供的可贵的学习交流机会，并就当前校园诗词的发展情况、青年诗词作者群关心的一些问题做了介绍。

在随后举行的座谈会上，出席会议的杂志社各位领导均热情发言，对青年诗人鼓励有加。周笃文先生介绍了不久前在安徽马鞍山市举行的第一届中国诗歌节的盛况，评价"传统诗词已大声镗鞳地回归诗歌殿堂"。但他同时也指出，当前诗词界也存在不足，一是诗词作者理论修养普遍缺乏，二是创作语言有风格者甚少。他希望青年诗人要补理论课，重视学习传统诗论（如历代有定评的诗话、词话）和西方文艺理论，在美化诗词语言和创造新意象、新意境上下功夫。年已77岁的欧阳鹤先生对网络诗词表现出浓厚的兴趣，经常上网浏览，认为有不少佳作，富于想象，善于抒情，读之有清新之气扑面而来。他对网上一些青年作者关怀社会、关心现实较少的现象也表示担忧，认为时代感差了，作品就会显得大气不足。丁国成先生建议青年诗词作者要重视向新诗和民歌学习，丰富自己的创作题材和表现手法。张结先生几十年来主要从事新闻工作，从随军记者到驻外记者到新华社总编室副总编辑，但他从来没有中断过诗词学习和创作，他从个人经历谈到诗词的魅力和对自己的积极影响，引起与会者的共鸣。青年诗人们也分别介绍了自己对诗词的理解和学诗经历，整个座谈会气氛和谐而热烈。

诗会以绝大部分时间进行集体改稿。对12位青年诗人提交的作品一个一个、一首一首进行讨论，杨金亭、张结、周笃文、欧阳鹤、丁国成、赵京战、蔡淑萍等都自始至终参加了改稿会，对青年诗人的作品提出评改意见，青年诗人们也相互切磋，大家均感受益良多。《中华诗词》本期已以专栏形式刊出本次诗会的部分佳作，以及青年诗人们的诗观，欢迎读者品评，此处不再赘述。

通过集体改稿、集体讨论，与会青年诗人就以下一些问题形成了共识：

一、诗词是一门传统艺术，要在继承诗词优秀传统的基础上发展创新，而创新首先是内容要体现21世纪人类的先进思想。要通过多读古代经典和当代诗词精品，了解诗词的特点，如果说"越是民族的才越是世界的"这句话是正确的，那么在本民族文艺百花园中，也可以说越有自己特点的艺术门类才越可能占有一席之地。青年人写诗词要有一个开放的心态，重视向各种姊妹艺术学习，取其精华，为我所用，创作出时代特点鲜明、生活气息浓郁的当代诗词佳作。

二、青年任何时候都是一个时代一个社会中最敏感、最热情、最富有朝气的群体，青年诗词作者一定要关怀社会，关心国计民生，关注弱势群体，要有忧患意识、悲悯情怀。培养自己的第一等学识、第一等襟抱，努力争取写出第一等好诗，而不要使诗词弱化成书斋里的小摆设。

三、创作诗词应取严肃的态度，艺术上精益求精。尤其是习诗不久的青年诗词作者，还要从遵守格律、讲究章法等基本要求做起。突破格律是指在熟练掌握格律、从心所欲不逾矩的情况下不以律言义，而不是因为初学者遵守、运用格律有困难就可随意"突破"，也只有讲究章法结构，才能使一首诗成为一件完整的艺术品，避免有句无篇。至于用诗语写诗，是学诗难点所在，下大功夫学习、了解、积累是非常重要的过程，然后才谈得上得心应手，并逐渐形成自己的风格。大家对王亚平先生在《苦吟重估》（载《中华诗词》2005年第9期）一文中"苦吟不一定出精品，但精品必自苦吟出"的提法深表赞同，认为所谓"妙手偶得之"，仅"偶得"而已，而这"偶得"也必有此前的长期苦吟为基础。

与会青年诗人均认为，《中华诗词》杂志社举办青春诗会，体现了诗界前辈对诗词事业的执着、热忱和对青年的重视，这是令人感动和值得学习的。通过参加这次诗会，自己对诗坛现状有了一个较为宏观的了解，对自己的创作有了更多的"自知之明"，增强了信心，明白了今后努力的方向。诗会时间虽短，但在自己的诗词创作历程中，将有着重要的意义。

《中华诗词》杂志社举办的第3届青春诗会，已经圆满结束了，但也可以说并没有结束，它的积极效果还将在与会青年诗人今后的创作中继续得到验证。

本次诗会由《中华诗词》副主编、编辑部主任蔡淑萍主持。

第4届青春诗会

赵　缺

河滨清洁工

船过垂杨里，搜捞汗一身。
风光无杂滓，眉目有污尘。
水底鱼行乐，岸边谁写真？
撑竿桥下去，不是画中人。

韩林坤

江梅引·赏菊

绿裙摇曳舞黄纱。貌清嘉，骨清嘉。两两倾心，青鬓对黄花。总是重阳风最好，吹香过，沁心怀，入酒些。　　嗅些嗅些更含些。醉眸斜，梦泛槎。去也去也，去未远、隔壁陶家。柳老开门，菊妹奉清茶。却问先生何处去：三里外，挎条筐、摘豆瓜。

伊淑桦

初 夏

有翁闲坐对长天,草笠迎风钓野烟。
两岸晴明微雨后,一湖清浅小荷圆。
依稀天壤曾留迹,何必银钱更买田?
莫道尘嚣无可隐,此心安处即林泉。

袁 昶

山 泉

深山灵脉玉如身,路转峰回未染尘。
一自繁华丛里过,可怜清浊尽由人。

杜艳丽

卜算子·夜思

明月洒秋凉,彻夜销香骨。默默无言独自愁,谁解其中苦。　十载梦悠悠,总把青春误。身寄他乡望故乡,不见来时路。

石印文

西湾春望

双亭如翼立城头,渚草汀花望里收。
柳拂春烟青锁岸,潮连海气势登楼。
长虹跨水齐云汉,小艇浮江试钓钩。
最是名区风景异,惊湍东去忽西流。

樊泽民

沙　湖

如梦如诗最可夸,神仙点化绽奇葩。
舟行湖上芦千顷,人醉江南水一洼。
翠嶂碧空秋雁远,金沙白塔夕阳斜。
自惭不是丹青手,空对西天七彩霞。

刘立杰

西江月·寒秋独步

隐隐渔歌唱晚,斜阳正沐青山。一潭碧水泛微澜,点点归帆风展。　　目送征鸿归去,影横秋水无边。落红漫卷正天寒,不尽悠悠云汉。

张荣昌

观 虹

寻常不识幻中身,偶向人间隐半轮。
忽忆儿时多彩梦,悄然空巷立风尘。

朱 婷

早 春

琥珀香红酒未残,东风忽绿嫩云边。
一湖春水迎风皱,几点初芽对月圆。
欲透杨苞环雪佩,新归燕子闹冰簪。
向阳枝上谁先绽?早有梅花七九天。

| 青春诗会诗词选 |

风流豪唱大江东
——《中华诗词》2006年青春诗会侧记

刘宝安

"含情故道思红叶，欲唤白云过岭西。"北京的初冬乍寒还暖。闻名遐迩的《中华诗词》"青春诗会"，11月19日至20日在京畿西山脚下如期召开。来自祖国九省市自治区的10位诗友出席了会议。中华诗词学会、《中华诗词》杂志社的负责人郑伯农、刘征、雍文华、周笃文、杨金亭、欧阳鹤、丁国成、王德虎等莅会祝贺。杨金亭、周笃文、欧阳鹤、赵京战、刘宝安、张力夫参加座谈和改稿。

会议由中华诗词学会副会长、《中华诗词》常务副主编赵京战主持。《中华诗词》主编杨金亭致开幕词。他首先代表杂志社的全体同仁，向不远千里而来的青年诗友表示热烈的欢迎。他说，今年报名参会的人数高于历届，你们10位是从全国120多位同龄诗友中脱颖而出——我为你们将成为2006年中华诗词的新星而祝福。杨金亭说，《中华诗词》青春诗会始于2003年，今年是第4届。当初的出发点是：进入新世纪以来，诗词由空前活跃向初步繁荣的方向发展，基于这一需要，培养新人的任务便历史性地摆在我们面前。因此我给与会诗友的一句赠言就是你们要"与时代同步，用自己的声音为人民歌唱"。"用自己的声音"这一点非常重要，我们就是要讲究"创作个性"和"独特风格"，因为这两点应当是一个作者走向成熟乃至进入诗人之列的一个明显的标志。你们的诗作在这方面已经初见端倪，这是令人欣慰的。他最后强调：希望大家积极行动起来，向着大文学家屠格涅夫所说的"天才"的目标，锲而不舍地追求下去，在建设和谐社会的进程中陶冶诗情，提升境界，厚积薄发，转益多师，做一名有个性、有出息的时代歌者。

郑伯农常务副会长在致辞中说，目前中华诗词学会拥有一万多名会员，全国经常参加诗词活动的人员已达百万以上，格律诗词的发展是国人审美情趣的具体体现。所以我非常赞成青春诗会的召开。它是一件具有战略意义的大事。他提醒年轻诗友，要抓住机遇，不失时机地向前辈学习，树立精品意识，反映大众的心声，为诗词的繁荣做出自己的贡献。

刘征勉励青年诗友要多读古代及外国大家的名著。他看了与会诗友作品后非常高兴，认为水平大有提高。他还以赵朴初的《片石集》为例，说要为青年人的成长甘做片石铺路。他鼓励年轻人要敢为天下先，争做大师级的人物，将来要向喜马拉雅山那样屹立于文学之林。

雍文华副会长在讲话中重申青春诗会的重要性，他说"诗非小道"，它"广博而精深"，通过参会我们看到了希望，白发老者居多的现象正在改变，传统诗词后继有人。

周笃文教授强调写诗要抒真情，有见地，对诗词三昧要烂熟于心，同时也要读些新诗和名篇佳作。

在随后举行的座谈和改稿会上，杂志社的领导满面春风，对诗坛新秀鼓励有加。10位青年每人自选10首诗，师生共同切磋，酝酿，修改，大家畅所欲言，精益求精，互相学习，取长补短，气氛生动活泼，谈诗论艺常常到深夜。最后本期以专栏形式刊出此次诗会的部分佳作，诸体纷呈，风格迥异。

赵缺，这位来自上海的年轻人是一位文职人员，他写诗有年，读书较多，思路敏捷，经常活跃网上，且有著述出版，他主张写自己、写身边的事，反对一味拟古，无病呻吟，强调作品要有时代感、要由小见大。他调侃自己的作品是"天天吃野菜的诗"。例如《暮归·见小区旁有老妇卖毛豆子》："壳子青青豆子鲜，夜来犹坐小区边。先生莫虑人工费，老妇光阴不值钱。"可谓市井一瞥。

韩林坤，性格开朗，又名梅关雪，其人颇有山东人的特质。因为她是学建筑的，所以很注意间架结构与布局。如咏剪发的一首："蓄汝三年矣，垂垂拂我肩。边吟边莞尔，一甩一欣然。每每牵清梦，丝丝系绵篇。挥刀掩罗帕，三尺半尘缘。"确实秀美灵动。她说，女性是一个应该鼓励的群体，她引用欧阳鹤老师的话说，如能写自己身边的典型事例，也就是反映了时代，一滴水可以折射太阳光嘛。

伊淑桦是一位才女，她天资聪颖，思路畅达，从小学到中学，成绩一直优异，她现在是一名内科医生。近两年来，于工作之余，她爱好作诗填词，并在网上耕耘。她的诗情思婉转，韵律工稳，丽藻纷披。"秋山未改容，断壁接天风""红尘奔眼底，大道问谁宗"可谓文笔跌宕有致；"谷响遥知清瀑落，我来重与白云亲"又是玲珑剔透、天人合一之笔。她提倡创作应有不同的风格，除了注重审美以外，还要发掘那种源自心灵的震撼。

袁昶是来自河南西华县的一位法官，公务在身，体恤民情。他崇性灵，短应酬，感于心，笔锋常带情思。你看他托物寄意："深山灵脉玉如身，一路娇娆怕染尘"，"何必繁华丛里过，可怜清浊尽由人"。他这是以法官独有的犀利之笔在剖析世象，可说入木三分。"真好男儿，当如是，自强不息"，伸张正义，催人奋进，字字千钧。

杜艳丽是一位辛勤的园丁，她像一颗螺丝钉，哪里需要就在哪里发光，她教过小学，后又执教中学英语、语文等。她现在是梨花诗社一员，她说写诗主要是凭自己的感觉，并没有系统学过什么理论，按照格律的要求，抒发自己的真情及生存状态。她还认为女诗人应该以写婉约风格为主。"情汇一江水，神交两片云。长风传断梦，明月寄痴心"，感知真切，情发于心。

石印文是湖南益阳的个体工商户及自由职业者，擅长诗书并在多家社团任职。他以七律为主，字斟句酌，主张中间两联贵有关联和变化。用典要贴切、得体。"柳拂春烟青锁岸，潮连海气势登楼。长虹跨水齐云汉，小艇浮江试钓钩"，深具融浑自然之致。

樊泽民来自祖国西部甘肃民勤，曾从事教育、新闻，现做科技管理工作。他爱好诗词十多年，他说真正的好诗是从心里流淌出来的，因而要注意敏感地捕捉，还要向新诗和民歌学习。例如他在《携手》一诗中写到："情溶碧海千寻水，愿化银河一颗星。愁绪万重凭酒断，心涛百丈共潮鸣。"这是心绪的再现啊！

刘立杰虽然生活在内蒙古大草原，然而对江南山水魂牵梦绕。她既有北方的旷达，又具南国的细腻。她爱好广泛，散文小说皆擅，书画亦多涉猎。"新诗裁就非刀尺，翠羽翩翩遣兴来。"她热爱生活，是一名新时代的歌手。

张荣昌主张个性化处理自己的写作对象。"半生冷遇心难死，遥恨香江异代叹。北望风尘数行泪，犹调余墨写呼兰"，个性鲜明，掷地有声,呼之欲出。

朱婷是华中科技大学的在读本科生。华中科技大学是诗教的先进单位,在杨叔子等老教授的影响下,该校人才辈出,享誉诗坛。从第2届开始,每届青春诗会都有瑜珈诗社的英才参加。"碧水连天远,红梅带雪开。"我们衷心祝愿朱婷这枝傲雪红梅,在广袤的神州大地上含苞欲放,常开常新。

纵观青春诗会的新人诗作,令人欣喜,使人振奋,我们从中看到了中华当代诗词的前途和希望。本刊主编杨金亭赠诗曰:"中华崛起势腾龙,况值青春火样红。时代风流应有待,高歌豪唱大江东。"

2007年第1期

第5届青春诗会

杜　斌

喜　雨

清晨屋檐下,负额仰蓬头。
雨带风雷落,忧随草木收。
涉旬将立夏,此际最关秋。
还看黄田埂,蓑衣走老牛。

沈利斌

过南京长江大桥

一苇江心渡,长桥天堑横。
浮云新白月,流水旧瑶京。
历历千秋梦,悠悠几浪声。
参差灯里夜,澹荡石头城。

李映斌

答友人

飘摇风絮过千家,飞到长安不似花。
北客殷勤思故里,玉人绰约寄芳华。
玲珑绿透江南水,潋滟红凝岭外霞。
纵是诗情今渐少,短章犹可到天涯。

侯连云

抒 怀

极目苍山乡路远,钟声迢递雁徘徊。
一腔热血雄图在,半世沧桑困眼开。
忍看生涯随逝水,休将事业付浮埃。
回眸却笑东篱下,把卷长吟归去来。

马 琳

翻作席慕蓉《一棵开花的树》

尘心空向佛前赊,美丽凭谁识得些?
有恨春山花事老,无边风岸柳条斜。
情深每易生幽怨,缘浅终归化叹嗟。
收拾残红何所去,一湾碧水入烟霞。

啸　尘

梦　母

飘蓬湖海感很难，怕向床前问暖寒。
阿母早知游子怯，翻从梦里报平安！

郑　力

峨眉山

万杪入云稠，千山迭素秋。
藤摇猿欲下，潭影象还游。
磬石空庭月，纱灯漫寺楼。
遥看金顶雪，自在此中流。

阎　俊

秋　居

不信疏狂醉亦愁，黄花劝酒又清秋。
平生意气无拘束，满目江天任去留。
帘外云遮秦汉月，望中雨洗宋唐楼。
尘间万事真堪笑，独对青山碧水流。

彭德华

沁园春·返乡

春挟熏风,红杏偎墙,绿柳飞花。问吴头楚尾,鱼沉何埠?江南塞北,雁落谁家?难寄相思,难书缱绻,碌碌空赢两鬓华。妆台畔,有伊人注目,望断天涯。　　无言独向征车。忆山麓高歌犹梦嗟。看漫山明月,苍茫故道,卷帘疏雨,呼啸窗纱。游子离情,高堂夙愿,数尽朝阳盼夕霞。团圆夜,邀亲朋共饮,烈酒香茶。

尚洪涛

登黄鹤楼

独踏晨光登此楼,鸟声啼破翠微幽。
云山缥缈浮三镇,世事乘除入两眸。
浪漫谪仙停彩笔,悠闲过客酹金瓯。
千秋人物随波逝,依旧龟蛇锁莽流。

张潮波

南乡子·登望江楼

昔也望江流,东去英雄一览收。我欲江风吹我老,长留,已是朦胧月上头。　　今也望江楼,极目江流四百秋。兴起平戎十万字,还愁,不向高唐梦里游。

矢志远航把日衔
——《中华诗词》2007年青春诗会侧记

刘宝安

"础润天阴云酿雨，山青日暖鹤鸣秋。"北京西山脚下的中础大厦，在初冬的阳光下熠熠生辉。11月21日至24日，由《中华诗词》杂志社举办的新一届青春诗会在这里隆重举行。来自五湖四海的11位诗友出席了会议。中华诗词学会、《中华诗词》杂志社的同志郑伯农、周笃文、杨金亭、张结、欧阳鹤、丁国成、赵京战、王德虎、李树喜、刘宝安、张力夫等莅临祝贺。

会议由中华诗词学会副会长、《中华诗词》常务副主编赵京战主持。《中华诗词》主编杨金亭致开幕词。他首先代表杂志社的同仁向与会的年轻诗友表示热烈的欢迎。他说，你们赴会是我们从50多位同龄青年中反复比较、遴选，最后脱颖而出的。祝贺你们有幸加入本刊的"青春诗词梯队"。杨金亭说，青春诗会是在当代诗词空前活跃的背景下创办的。初衷是要改变诗词队伍严重老化、后继乏人的局面。追根溯源，主要是五四运动宣布批判旧文化所致。当时鲁迅曾忧心忡忡地说，诗歌正在交倒霉运。为了扭转这一局面，本刊做了三件事：一是向无名作者倾斜，从中发现年轻作者；二是以函授的形式，创办了诗词培训中心；三是借鉴《诗刊》的办法，召开"青春诗会"。他说，我们在实施上述三项举措中，始终得到臧克家、孙轶青、郑伯农等领导同志的关怀和帮助，这一点我们会永志不忘。在谈及诗词的本质时，杨金亭说，诗歌以"缘情而绮靡"，这其中包括爱情、亲情、友情、乡情，家国情及民族情等，总之一句话要有激情。其次是要有神思妙想，要有形象与意象思维。而这些都应该是青年人的特征，是诗有别才的具体表现。他在历数了古今中外文学青年成长的典型事例后，向与会青年诗友提出了几点希望：一是努力学习党的十七大报告，牢牢抓住建设社会主义核心价值体系这个根本，将个人的艺术追求融入国家发展的洪流之中；二是以满腔热情，贴近生活，拥抱时代，努力用自己的声音为人民歌唱；三是诗词艺术要勇于创新，所谓"文章随世运，无日不趋新"，"江山代有才人出，各领风骚数百年"就是这个道理。当然这种创新是要在继承传统的基础上进行。杨金亭最后说，诗会是编辑和作者相互交流、平等对话、取长补短、共同提高的平台，机会难得，大家要珍惜。我预祝诗会开得成功，祝诗友们创作丰收，更上层楼。

中华诗词学会常务副会长郑伯农在致辞中说，现在诗词界的繁荣是空前的，中华诗词学会会员人数陡增，全国经常参加诗词吟唱活动者已逾百万，网络诗词更是异军突起，令人目不暇接。看来旧体诗词的中兴，是缘于国人的审美需求。因此，"青春诗会"的召开，是诗词界的一桩盛事，是使诗词走向稳定、走向繁荣的必由之路，是历史的必然。而当务之急，是要实施"精品战略"。他鼓励青年人要有宏伟的襟抱，不仅要更上层楼，还要"会当凌绝顶，一览众山小"。

中华诗词学会教培中心主任李树喜说，我们所写的是当代诗词，自然应该有时代特点与创新意识，时代造就诗人，我们青年诗友应该珍惜机遇与年华，要在建设和谐文化中充当重要角色。

周笃文教授的发言语重心长。他说，这11位诗友是清一色的乌头少年，你们的诗作虽然有的地方还略显稚嫩，但才华与智慧已见端倪。希望能够沉下心来，拥抱现实，回归传统，敢为天下先。

在改稿会上，大家济济一堂围坐在椭圆形办公桌旁品茗论艺。11位青年每人出示10首习作，师生共同吟诵、推敲、修改，大家秉公直言，无拘无束，互相学习，取长补短，相得益彰，谈诗论道蔚然成风。会后本期仍以专栏刊发此次诗会部分佳作，以飨读者。

杜斌，来自天山脚下的乌鲁木齐市，二十出头的小青年，却为生计所迫，走遍了大半个中国，他的性格既有新疆的刚正，又有巴蜀的豁达。这次他为了能参加青春诗会费尽了周折，经济的困窘和票贩子的不轨，使他险些赴会不成。他的诗观是道常人之情，而常人不能道。以平常言语，为不平常之诗。例如《在外打工偶感》之二："牛马生涯第几春，模糊乡梦旧柴门。有儿如我堪何用，月月年年添泪痕。"又如《又闻家乡大水》："东海风云卷稻田，老农仍旧拜青天。说来吾辈何其幸，水旱都逢一百年。"显然，他是要为"新国风"而身体力行，奔走呼号了。

沈利斌，灵动，敏捷，他来自获中央教育部特等奖的全国诗教先进单位——浙江经济职业技术学院。他是幸运儿，当初是该校的学生，毕业后又留校专职从事诗教工作。他们创办的《中华诗教》报，是诗词类报刊中质量较高的一份。他学诗已有10年光景，从事诗教工作也有3年多。他对天才不以为然，主张才能与功力并重。他推崇的十字诀是：多看、多背、多写、多想和多改。他的诗语准确，晓畅，有个性。请看《夏日即景》一首："雨余墙角润苍苔，夹竹桃花自在开。门外池塘荷尚小,已栖蛙黾作歌台。"再看《初夏》:"一阵缠绵雨,晴丝袅翠岚。南窗闲一卧,诗梦绿如山。"可谓感情细腻,如沐清风。

李映斌,现在北京一家电力单位任职,为人诚恳好学,大概是因为职业的关系,他很热衷于网络诗词的阅读和写作,由于工具先进,接触面广,他的诗艺提高很快。他说,写诗应该以自己的亲身经历为基础。风格应该博采众长,像老杜那样。且看《咏烟囱》诗:"凌空一望辨春秋,看惯清云与浊流。施展周身疏导术,不教污垢腹中流。"可谓观察准确,下笔有神。而他的《答友人》又是那样的空灵飘逸:"飘摇风絮过千家,飞到长安不似花""玲珑绿透江南水,潋滟红凝岭外霞"。可见他风格的迥异。

侯连云,她性格开朗、执着。她来自著名的诗词、诗教之乡——山东昌邑市。她的诗兴是从送女儿上学背诵唐诗、宋词时引发的。她说诗要注意审美,好诗要含蓄、简洁,切忌无病呻吟。她喜欢读书、买书,这次到北京来开会,还忙里偷闲去琉璃厂逛书店。她说,诗乃心声,而且应该跟随时代,反映民情,对人民负责。"窑洞藏身食稗藿,苍天闭目纵凶魔""辛劳每付东流水,累累伤痕又奈何?"真是感同身受,憎爱分明。"独立悬崖万丈松,秋来骨健羽翎轻""城狐社鼠应知惧,势挟雷霆万里风!"疾恶如仇,可见一斑。

马琳,来自冀东的滦河之滨。为人大方、自信。一直从事统计工作。她主张诗如言。主旨要明,口齿要伶俐,语言要清雅。"潇潇银络雨,飘落细无声。潜涨鹅儿水,轻梳燕子翎。花魂催梦醒,柳眼夺眸青。谁见书窗内,孤灯彻夜明。"堪为缜密,缠绵。她学诗只有两年,就如此清雅有味,实在难能可贵。作诗三昧,尽得风韵。

顾启庄，笔名啸尘，江苏泗洪人，搞装修工作。此人不嗜烟酒，工作之余就是与诗词结缘。他认为诗词对于他是高负荷下的调节剂。同时也是对生命的审视、锤炼，对社会生活的一种认知。他还觉得作诗和搞装修一样，都存在一个审美的问题。"打工不计脏和重，饭食无拘歹与差""每有风霜凌瘦骨，但将血汗灿云霞""今朝剪彩遥相望，满眼繁华不是家"。生活是艰辛的，也是美好的，我很佩服他的韧性。

郑力，河北邢台人，他自幼习武修文，博览群书，尤喜旧体诗，最近才练习创作。他把写诗当作一种事业，为了它，他甚至都谢绝了高薪的聘请。他对古典文学如此虔诚，实在令人钦佩。"势将迭嶂压崆峒，恨不峥嵘一万峰""纵是鸿蒙规造化，翻将沧海笑平庸"。诗如其人，他深得燕赵风骨。

阎俊，来自祖国西部的西安市，是电力战线上的一名职工，因为工作繁忙，他来也匆匆，去也匆匆。我虽然只是见过他一面，但他质朴的风度已为我所动。有诗为证："不信疏狂醉亦愁，黄花劝酒又清秋。平生意气无拘束，满目江天任去留""帘外云遮秦汉月，望中雨洗宋唐楼。尘间万事真堪笑，独对青山碧水流"。这，应该是他性格的生动写照。

彭德华，铁道运输专业毕业，现为江西于都罗坳火车站的值班员，可谓钢铁运输线上的一名尖兵。他的启蒙源于教孩子背《三字经》《论语》。他认为写诗如摄影，截一段景致，饰之于格律即可。"西风犹似锦，不觉落红多"，这大概就是蒙太奇手法。

尚洪涛，原是教师，现在武汉《书法报》任职。他说写诗同书法有相通之处，就是要注重气韵。且看他读《兰亭序》时的感慨："放笔兴怀真雅集,令人长想永和春。"他在从习书中找感觉。

张潮波,毕业于南开大学金融本科,现就读于四川大学,还准备读研。这位莘莘学子上初中时开始写诗,现在是南开大学"谷雨诗社"成员。他的诗词较沉郁,感情真挚。"小园春尽草方长,曲径云阶染碧霜。几处余芳凋日暮,一行烟柳锁荷塘。忽然越鸟出深绿,始信东风送晚凉。骤雨堂堂天外列,欲开征鼓斗残阳。"文笔跌宕有致。

在闭幕式上,中华诗词学会副会长、本刊常务副主编丁国成做总结发言。他说,这次诗会开得很成功,大家发言热烈,品评中肯,作品水平有明显提高,可喜可贺。他还向大家传达了中央领导对青年作者的五点希望,即:认真学习胡主席在文代会上的重要讲话;牢牢把握社会主义文化的前进方向;贴近实际,贴近生活,贴近群众;为文化创新提供食粮;加强人格修养,提高道德境界。

最后,他祝愿青春诗会的诗友们征鼓长鸣,前程似锦。这正如诗人赵喜文所赋:"笑对人生品淡咸,江河任尔驭风帆。涛声入耳闻天籁,矢志远航把日衔。"

2008年第1期

第6届青春诗会

伦 丹

鹧鸪天·中秋望月

何事频烦鼓角催?平生已惯见轮回。花间柳陌勤相照,酒罢灯阑各自悲。 分素影,减清晖,悄然变幻为阿谁?蟾宫本是仙游地,哪管人间闲是非。

关燕苹

浣溪沙·早春

睡起青山唤画眉,一江烟水载相思,停云卧岭看鸿飞。纤柳轻摇冰雪梦,夭桃初试小红衣,更分春色到新词。

白凌云

南乡子·河

西藏昌都贡觉镇附近有河蜿蜒曲折，流入金沙江，跌宕起伏，大气一如人生。

拍岸起寒星，奔泻长河滚滚鸣。转石䃳崖雷万壑，豪情，水阔江深气转平。　雪域看冰融，冷眼低眉万里行。百折千回终入海，潮宁，波静沙沉水自清。

金　中

抒情小夜曲

清辉窗下盈盈女，遥寄深情深几许！
欲将此意对伊传，奈何难吐为言语。
聊做孜孜一纺工，织我相思千万缕。
协奏融圆吉他声，合作清凉小夜曲。
愿此歌声达彼心，再萦皓月弥天宇！

张　伟

游三道岭水库

横空巨坝锁天门，鳌影仙踪几度寻。
百尺高崖落黄叶，一湖秋水浣白云。
西山松老时飞鹤，南岸舟闲未渡人。
野叟悠然石上坐，持竿可为钓贤君？

李　骥

题五角屋

蜗居逼仄暂容身，翰墨香浓远俗尘。
夜半惊眠缘月漏，雨中移案恨风频。
牵萝补屋岂嫌陋，挂角负薪争脱贫。
自叹无才匡社稷，未妨率性作诗人。

注：一屋临街，被切一角，余不嫌讳，居之，号为五角屋。

陈　斐

致抗震记者

跋山涉水不辞劳，笔砚飞翻沸海涛。
字字千钧和泪下，声声泣血是身遭。
汇集大爱震魔畏，鼓舞人心斗志高。
无冕之王岂过誉，艰难时刻显风标。

徐国民

闲　居

屋后一池塘，桑麻伫两旁。
清晨赶集女，日暮放牛郎。
卧榻闻鱼跃，翻书识稻香。
兴来吟杜曲，明月入纱窗。

李令计

夜访寺

独庙山前倚小村，禅师何处月黄昏。
轻风过耳添惆怅，唯见青松夜守门。

祝君达

盛世情结

海阔天空日，光风霁月时。
此身逢盛世，不作七哀诗！

胡子华

观 雨

琼珠乱打水中莲，远谷空生淡淡烟。
抛却红尘喧闹事，闲来坐看雨绵绵。

高满凤

月夜怀故人

飒飒西风又一秋，轻纱笼月半含羞。
去年月似今年月，今夜愁翻昨夜愁。
老雁殷勤还北返，故人离索竟东流！
月谙别恨催侬睡，梦入檀郎得月楼。

| 青春诗会诗词选 |

翠华来日正清秋
——《中华诗词》2008年青春诗会侧记

刘宝安

"昔日芳菲逐雁影,今朝红紫透霜林。"秀美的西山,天高云淡。11月24日至26日,《中华诗词》杂志社举办的2008年青春诗会在中础宾馆举行。来自神州大地的12位诗友出席了会议。中华诗词学会、《中华诗词》杂志社郑伯农、周笃文、杨金亭、张结、欧阳鹤、丁国成、赵京战、王德虎、李树喜、张力夫、刘宝安、李津红等出席会议。

诗会由中华诗词学会副会长、《中华诗词》常务副主编赵京战主持。中华诗词学会常务副会长郑伯农致开幕词。他首先代表中华诗词学会及《中华诗词》杂志社,向与会的青年诗友表示热烈的欢迎。他说,党的十七大明确提出了"弘扬中华文化,建设中华民族共有精神家园"的要求。今年初,中央六部委又联合发出通知,要以传统节日为主题,开展经典诵读和诗词歌赋创作活动,用以提高全民族的人文素养,发扬爱国主义精神,树立良好的社会风气。我们举办青春诗会也要秉承这一宗旨,为了国家的统一、民族团结和社会和谐,以诗词为载体,做出我们的贡献。在谈到诗词本身的问题时,郑会长强调,搞诗词也要有点事业心,我们不仅要学习王维的妙思、妙悟,还要提倡贾岛的苦吟。诗词作品要反复诵读，反复推敲，反复修改，不要急于发表。他说，我们的诗词队伍是专业与业余相结合，普及与提高兼顾。他希望年轻的诗友不但自己要写好诗，还要发挥自身的优势，为本地诗词文化事业的大发展，为祖国传统诗词的中兴贡献力量。

《中华诗词》主编杨金亭在致辞中说，我们举办的青春诗会始于2002年，至今算来已经是第6届了。这主要是从《诗刊》借鉴而来，《诗刊》当年在臧克家的扶持下，形成了以贺敬之、郭小川等人为代表的青年诗人群体。我们将历届青春诗会推出的新人算在一起，也有将近70名了，真是可喜可贺。杨金亭在回忆旧体诗词运交华盖60年的历史之后说，进入新世纪以来，旧体诗词由空前活跃到逐渐繁荣，从年龄段上看，基本上达到老中青的"生态平衡"。鲁迅所说的诗歌交倒霉运的日子，已经一去不复返了；一大批有理想、有抱负的诗词新人脱颖而出，茁壮成长，令人欣慰。他说，缪斯是青春的伴侣，青春是诗歌的花季。目前，我们的诗词事业只是初步繁荣，将来振兴的重担还是寄托在你们青年人的身上。他在列举了五四以来我国新诗队伍的成长历程之后，向与会的青年诗友提出了几点希望：一是要树雄心，怀大志，要学习王国维所提出的有关诗词的三种境界，做大学问，成大事业；二是要深入生活，与时俱进，要有忧患意识、悲悯情怀和历史沧桑感，搞好师古与继承的关系，多读书，还要向新诗学习；三是要做到思想新、感情新、语言新，提倡"活色生香"，用自己的声音为人民歌唱。

中华诗词学会教培中心主任李树喜也讲了话。他说，我们现在所处的太平盛世来之不易，因此，我们的诗词创作首先要顺应时代，合乎潮流；其次是要向传统学习，向前辈学习，向老同志学习，向生活学习。要在实践科学发展观上充当生力军。

周笃文教授的发言令人深省。他说,《乐记》这部中国最早的美学著作中提出了"情深而文明,气盛而化神;和顺积中而英华外发"的论断,所以充实而高尚的人格,在我们的诗词创作中显得是多么重要。从历史上看,大凡经典、佳作,无不渗透着作者人格的魅力,我们与会的诗友应该在审美意识的培养与人格魅力的修炼上多下些功夫,以担当起时代所赋予我们的重任。

欧阳鹤和王德虎也在开幕式上发了言。

在改稿会上,大家济济一堂,推心置腹。对12位青年每人提供的10首习作,共同诵读、推敲、评议、修改,大家出以公心,直言不讳。为的是相互学习,共同提高。本刊2009年第1期设专栏刊发了诗会部分佳作,以飨读者。

伦丹,辽宁人,满族,现就读于南开大学文学院,是著名学者叶嘉莹的博士研究生。她认为,评论一首诗词的关键不仅仅在于风格,而是要看是否有感发人心的力量。例如《赞国际救援队》:"临危方受命,飒爽整戎装。万里神行路,三川痛断肠。天公应有泪,大爱自无疆。拼却浩然气,甘当风雨狂。"又如《卜算子·睡莲》:"生在墨泥池,造化偏为主。雅士唯知慕盛名,谁解莲心苦?已是倦芳菲,却被熏风误。宁做希夷转世魂,不共蜂儿舞。"抒发的是自身的感慨,且气韵深邃,格调高昂,厚积薄发。

关燕苹,电大本科毕业。爱诗、读诗有年,中学时代就参加漠江诗社的活动。后来在老前辈的影响下,逐渐将自己的感受融入诗句之中。她认为诗词是一个人内心世界的展现。她钟情古典诗词,但不泥古。试看五绝《一线天》:"幻化丹霞景,萦回一线天。崖深峰岫险，绝处有云烟。"再看七绝《古镇落霞》："夕阳含醉落江潮，一带西山水底烧。向晚无人呼小渡，渝州古梦远尘嚣。"可谓感情真挚细腻，句法精粹，意境清新自然。

白凌云，军人，少校军衔，现服役于北京卫戍区某部。他主张诗词要实在、雅致、真情、流畅。他比较擅长词作，尤其喜欢豪放词。且看他的《水调歌头》之一："料峭早春冷，乱雨已十年。卧听檐下滴水，往事泪频弹。作茧囚笼自缚，怕是阴晴难料，不敢怨苍天。寻路路泥泞，举步步维艰。雪初霁，风恻恻，问前贤。谁人知晓，长路此去向何边。万径皆通罗马，寂寥匆匆行客，试步过秦川。且为兴亡事，一改旧容颜。"这分明是辛词的风格，可谓务实，顺畅。再看"展翅送千里，一夜富江东。神州迢杳高速，壮志上苍穹。人本精神通透，取道科学发展，天下乐融融"。他的这种准确、明快、流畅的笔法与他的军人气质不无关系，作为当代诗词，我们应该加以提倡和弘扬。

金中，日本东京外国语大学毕业，文学博士。现为西安交通大学外国语学院教授、全日本汉诗联盟运营委员兼驻中国代表。他认为，当代诗词作者应该在继承中国古典文学的同时，涉猎外国文学，感悟二者不同的精神气质，将新的表现手法导入到自己的诗词创作之中。他思路敏捷，聪慧，从小就得到家庭的启蒙教育，一岁牙牙学语时即开始背唐诗，19岁去日本留学，边学习边创作，还要向社会推广。请看《沁园春·扶桑》："带水扶桑，缥缈蓬莱，屹立于东"，"平生钦佩豪雄，不枉到人间做虎龙。视弹丸寰宇，孰兴孰盛？神州大地，何去何从？发奋图强，十年面壁，砥砺成才济世穷。男子汉，要名垂青史，身建奇功！"这是热血男儿，一等襟抱，豪放之气跃然纸上。

他视野开阔，经历独特，油然而生的使命感、责任感，使他将中日诗词文化交流的重任承担起来。

张伟，辽宁大石桥人，16岁开始写诗，并手抄诗集，读书如饥似渴。由于在印刷厂工作，每次赶印诗集，他都乐此不疲，从不放过学习的机会。他是家乡龙山诗社的主要成员，同时又办网站，社交面广，切磋得法。他主张写诗不避词浅，但求意深，更重要的是趋新，要适应时代，使这门古老的艺术焕发青春。例如七律《奥运》："犹记清廷运势颓，百年奋斗始扬眉。一朝圣火入华夏，万丈豪情夺奖杯。若欲强国须健体，焉能治世不思危。此时拔剑向天问，笑我病夫还有谁？"诗体流转，腾挪有度，且新韵用得平稳自如，颇得吟坛前辈的赞许。

李骥，来自江苏泗洪，提起泗洪，6届青春诗会竟有3届有泗洪青年参加，真是令人钦佩。他们的清明诗社更是闻名遐迩，李骥受其影响自不待言。其实，他的基础好更缘于祖父严格的家教，从小养成背诗的习惯。他于大学中文系毕业后又任中学语文教研组长、高三年级的班主任，对唐宋诗词多有涉猎。他对诗词创作，持"每心情鼓荡，辄率然命笔"的态度。"蜗居逼仄暂容身，翰墨香浓远俗尘。夜半惊眠缘月漏，雨中移案恨风频。牵萝补屋岂嫌陋，挂角负薪争脱贫。自叹无才匡社稷，未妨率性作诗人。"剖析得当，颇有自知。作者对韩愈的"不得其平则鸣"的创作动因，无疑是心领神会了。

陈斐，现在是中国人民大学国学院的博士生、新风雅诗社社长。其《诗经》、楚辞倒背如流，对李杜苏黄的文集多有研究。"读书破万卷，下笔如有神。"除完成学业外，他每天晚餐后都坚持读书40分钟。他说，生活是创作的源泉，写诗要张扬个性，标举新韵。"身在青云端，心和大地连"，"乡音一缕电波传，客梦归心日夜煎，自会平生无限泪，每因民瘼最悲酸"。准确，平实，发自肺腑，深得忧患意识、悲悯情怀。

徐国民，现任湖南湘潭第四中学教师，专门教授诗词课。浏阳市教育局非常重视诗词的教化作用，推出百校诗词进校园工程，老师们先在当地的准川诗社培训，然后再教学生。他原本对旧体诗词的复兴感到迷茫，这次参会使他看到了前途，增强了信心。他主张探寻前人的心路历程，厚积薄发，唱出心灵深处的歌。"卧榻闻鱼跃，翻书识稻香。兴来吟杜曲，明月入纱窗"，"软语时搔楚客心，无情秋雨夜登临"。他不单喜读李杜，更爱李商隐，他说要逐渐形成自己的风格，要为诗教多做奉献。

李令计，来自安徽萧县人民银行，计算机专业毕业。幼承家教，学诗有年，多作绝句。他认为写诗要将情感和技术有机结合。"农田免税正宜居，归去来兮且种蔬。但使三餐能饱饭，生涯何苦问车鱼"，当然是有感而发，情真意切，但还要在厚重感上多加笔墨才是。

董勤凯，个体工商者，河南南阳人，自考中文系毕业，业余写诗撰联，常常夜不能寐，视诗联为生命。"日月证兴亡，诗人枉断肠。熏风难解愠，独立看夕阳！"这的确是作者心灵的写照。

高满凤和胡子华同学都是华中科技大学的翩翩学子，他们来自全国诗教的先进单位，是瑜珈诗社社员，更是杨叔子院士和李白超老师的门生。他们的诗词观推崇情真、贴切、朴实、自然。例如高满凤的"飒飒西风又一秋，轻纱笼月半含羞"，"月谙别恨催侬睡，梦入檀郎得月楼"。又如胡子华的"琼珠乱打水中莲，远谷空生淡淡烟。抛却红尘喧闹事，闲来坐看雨绵绵"。诗中没有故作惊人之语，质朴而平和。

与会青年诗友们的创作都取得了一定的成就,但每个人也都有自己的不足之处,还有很大的提高空间。经过逐首逐句的研讨,大家都觉得有了新的收获,对今后的创作很有帮助。

在闭幕式上,中华诗词学会副会长、本刊常务副主编丁国成做总结发言。他说,英国诗人弥尔顿曾经说过:"谁想做一个诗人,他必须自己是一首真正的诗。"而真正的诗又必须说真话,因此,我们青年人一定要摒弃泥古现象,要与时代同步,居安思危,用我们手中的笔饱蘸忧患意识,贴近生活,为人民鼓与呼。他预祝年轻诗友,在未来的日子里多出力作和精品,以不辜负歌舞升平的良好环境、不辜负历史的重托。这正是:"山浮树盖连云动,露滴荷盘并水流。舣岸龙舟能北望,翠华来日正清秋。"

2009年第1期

第7届青春诗会

王　晶

玉楼春

前日车上偶闻梅艳芳女士旧曲《女人花》，中有"女人如花花似梦"句。遂兴起，调寄玉楼春一曲略寄香草之思。

半墙萧疏凭谁送，依约隔年和雪种。镜前鸢尾莫轻怜，蕉下清欢容易纵。　　前生已自魂深重，堪更今宵风月弄。微凉天气忍看花，美人如花花似梦。

曹　辉

唐多令·为何

意绪两悠悠，相思望月楼。有多少、爱在心头。如若西风能懂我，也不枉、踏清秋。　　放胆数风流，休言一并收。雁南飞、你却回眸。欲共光阴行到老，唱一曲、信天游。

段爱松

小重山

残月空朦人独看,夜凉凝白露、五更寒。孤灯长影数栏杆,明灭处,风起小庭轩。　　离恨不能言,春来催旧梦、泪潸然。举杯同醉一壶欢,当年事,新曲怎堪弹!

王纪波

重阳节呈冯老

无风无雨入重阳,露献珍珠桂献香。
月涌樽中黄岳小,龙游笔底紫霞长。
欲追鹏翼乘秋气,漫舞欧翎沐晚凉。
大将山头倚云赋,金石一掷震穹苍。

时　晨

古　巷

古巷无声日影迟,青墙有隙长苔茨。
秋千笑语疑前世,小院花香似旧时。
豆蔻多情终不悔,梧桐半死始相思。
单车岂载闲愁远,浪迹萍踪只自知。

蔡　娜

蝶恋花·观湘江岸景

晨雾笼江堤隐现。秀色青莹，骏马扬蹄腕。顾盼频频风意满，踏青盛宴时时见。　　冷雾消溶云变幻。雷炸轰鸣，电母将风展。擂鼓隆隆江浪漫，流苏闪耀飞天堑。

李　珑

田园春五首（选一）

平明沽酒杏花村，寥廓江天无片云。
闲斫东园一竿竹，临风钓取满江春。

陈泽兰

夏夜访邻

小院人初静,推门下碧阶。
竹风惊暗鹊,草露润青苔。
蝉噪池边柳,萤燃寨下槐。
邻窗灯未灭,邀月过墙来。

王明鹏

虹

楼深浑不觉,先得雨风中。
接地起南宇,横空过北峰。
原知云日幻,翻作鹊桥通。
好景岂常在,人生几度逢。

青春气吐风云色

——《中华诗词》2009年青春诗会侧记

刘宝安

"雪霁寒沙曙日升，朔风千里逐孤鹰。"乱叶飘丹，积雪凝素，玉泉冬来早。披着节日盛装的中础宾馆，终于迎来了来自神州大地的十位青年诗友。11月18日至20日，《中华诗词》新一届青春诗会在北京西山脚下如期举行。郑伯农、杨金亭、周兴俊、丁国成、赵京战、王亚平、王德虎、李文朝、李一信、李树喜、靳欣、张力夫、李赞军、刘宝安等出席会议。

诗会由《中华诗词》常务副主编赵京战主持。中华诗词学会代会长郑伯农发表重要讲话。他说，最近中央政治局委员、中宣部部长刘云山在作协召开的文学创作座谈会上强调，广大文学工作者要坚持"二为"方向和"双百"方针，从当代国人伟大创造中寻找和发现文学创作的崭新主题，反映时代巨变，积极弘扬时代主旋律，创作出更多的精品力作。郑伯农说，刘云山同志的讲话是及时雨，为我们的诗词创作指明了方向。青春诗会更应该循着这条路子把这种推出新人的诗会办好。在座的诗友们经过"推出"阶段之后，未来就要靠你们自身去不断提高，任重而道远。他说，写诗首先要过格律关，然后就是创造意象和意境，还要有灵感。用钱学森院士的话说，就是在逻辑思

维和形象思维之外，还要具备灵感思维，这需要长期积累，偶然得之。希望诗友们能够持之以恒。

《中华诗词》主编杨金亭在致辞中说，今年的青春诗会已是第7届了，到目前为止，我们通过这个平台共推出近百位青年诗人，这是令人欣慰的事。杨金亭在回顾了旧体诗词所走过的艰难历程之后指出，现在诗词界存在两个危机：一个是公开提倡复古，这种思潮不但有创作，而且有理论，摹唐仿宋，制造假古董，平庸化，概念化；另一个就是诗词队伍严重老化，一眼望去，满堂白发，后继乏人。所以，我们借鉴《诗刊》开办青春诗会的经验，将青年诗友打造成当代诗坛的红星。为此，他向在座的青年提出四点要求：其一要有真情；其二要驰骋想象力；其三要有悟性；最后还要多读书。向前人、大家名家学习，同时要发挥自身的优长。

线装书局总编辑兼总经理周兴俊说，能参加这次青春诗会，非常高兴。他说，我是来这里拜谒当代"诗仙""诗圣"的。《中华诗词》历届青春诗会的作品我都看过，水平是可观的，你们的努力使人钦佩。周总表示，今后要为青年诗友的创作和发展服好务。

李一信、李树喜等也在开幕式上发了言。

接下去的座谈改稿会开得既生动活泼，又井然有序，集思广益，各有所得。

王晶，来自上海，现就读于复旦大学经济学本科。幼时受父亲的影响，能背诵许多诗文。初中曾参加诗赛。她说，写诗是表达自己感情最有效的方法。例如《登嘉峪关城楼》："炙日风刀沙射脸，啼乌一振梦飞旋。营含黑漠兵如雨，峰并黄城野入天。不尽吴歌昏楚帐，犹看清甲戍明边。兴亡恨事挥运遏，祁雪纷纷到万年。"诗作充满了历史的沧桑感，可谓厚积薄发，游刃有余。

曹辉，辽宁人，东北财经大学毕业。幼承母亲教诲，嗜书如命，有时读到入迷处竟忘记吃饭。博览使她受益匪浅，动笔写诗也不过是三四年的事。"视通万里，思接千载。"她主张妙悟。例如《鹧鸪天·情缘》："为爱因缘万里行，回眸岁月忆山盟。黄昏锈锁相思意，背影天涯梦未成。虽有怨，也因卿，思来想去不分明。西风欲把南风引，字里行间少动情。"这是真情的妙悟，词风洒脱，词笔流畅。

段爱松，在春城昆明的师大修完中文与音乐两个专业。他新诗旧诗都写，中文与外文均有涉猎。重人性，主张"用心灵写作"。他说旧体诗里有中华民族的根。目前，他在创作的同时设法追求诗词和音乐的结合。且看他的《五绝四咏》之一："寂静西山冷，滇池月影浮。横舟渔火暗，旧梦几痕留。"再看之三："雨打寒山路，风摇落魄人。年年心碎地，老树又添新。"这确是人性张力使然。

时晨，华中科技大学新闻学院的高才生。同时也是杨叔子、李白超所创办的瑜珈诗社社员。目前，他一边实习，一边准备考研。他17岁开始学诗，每每读抄不倦。他对孔孟等儒家哲学也多有研读。他认为，好诗须博采众家之长，思想要融注一己性情。"幽人循柳径，独夜步凉天。芳草横塘宿，柔云抱月眠。攀条思旧侣，顾影媚清涟。时雨催花落，佳期讵可愆。"这首《春夜池畔幽径得句》先由人到物，继而由物到人，虚实相生，开阖自然，甚是佳妙。

蔡娜，湖南师大附中教师，性格活泼，开朗，健谈。她边教书，边读书。举凡政治、经济、历史，乃至宗教，她均时有研读。在为诗上她讲究"灵性"与"审美"。"木叶生香月亮柔，风清云丽引沙鸥。""霞光掠影戏清波,弦月经年挂江洲。"诗作空灵柔美,确是湘女性格的写照。

李珑,河南师范大学本科毕业,新闻记者出身。现在北京打工。他很爱读书,经史子集,每天必读30页,尤喜李白、杜甫。试看《庭中丹桂》其二:"芳心誓与谁消长,细蕊铺开满月光。怜尔发时太着力,丹心化作断魂香。"又如《田园春》其一:"平明沽酒杏花村,寥廓江天无片云。闲斫东园一竿竹,临风钓取满江春。"他在诗观中写到:诗之立意须高俊,神气须完足。

王纪波和陈泽兰,他们都是贵州大学的本科生。由于贵州大学在老教授冯泽、袁本良的带领下,长年开设汉语诗律学必修课,同时校园还成立了诗词学会,定期搞讲座、采风、诗赛,编报纸等,因此该校的诗教工作开展得如火如荼。他们的诗作也渐入佳境。如王纪波的《池边作》:"晚风乘醉踏波来,柳影淋漓湿满怀。芳气不分人远近,纷纷都教此徘徊。"又如陈泽兰的《暮春》:"红花燃尽几人痴,闲鸟枝头细语时。试问春风何处去,临溪梳洗柳丝丝。" 通透,自然,这是审美的基本要求,他们二人应该是悟到了。

王明鹏,河南南阳人,大专学历,现任某网站编辑。他认为诗词尚须玩味,还要注意格调和具备悲天悯人的情怀。请看他的《客中》诗:"灯下唐诗酣困眼,灭灯思绪染清光。曾经李白床前月,今夜无声到我窗。"作者眼下正在岭南打工,他的思绪与情怀,透过这首绝句隐然可见。

谢远基,广西昭平人,现为广西壮族自治区政府督查室专职督查员。他在大学期间是学哲学的,因而他的思维方式比较广阔、深邃,颇具立体感。试看《凌霄塔》:"信步登高塔,还闻朗诵声。升阶开眼界，面壁悟真经。""古树因风伟，江流处世清。浮云不识字，惯看木舟行。"他坚持"诗言志"并将哲理入诗，这是值得肯定的。

在闭幕式上，中华诗词学会副会长、本刊常务副主编丁国成做总结发言。他说，我们通过座谈与研讨，使青年诗友们看到了自身的成绩，同时也看到了自己的差距和不足。他重申，诗词的希望在青年，因此大家要志存高远。这正如诗人鲁扬贺诗所言："喷薄朝阳拂彩霓，青春似火映红旗。百花笺纸风云色，好写中华壮丽诗。"

2010年第1期

第8届青春诗会

陈　亮

鹧鸪天·秋恋

谁在窗边试短箫，幽幽夜色任清寥？山巅一点星星雨，争惹风中落叶飘。　　灯脉脉，影摇摇，前时想念复来潮。偷将剩酒悄悄饮，好借微醺过小桥。

齐　凯

游园观画

小桥春水柳如纱，行尽松林见客家。
别有幽香风送到，原来纸上绽梅花。

周晶晶

有 感

书生意气渐成痴，花畔推敲睡每迟。
吟癖惯无谁可道，生涯赖有砚相知。
笔惭汉魏真风骨，人笑齐梁旧布衣。
期为风骚延正脉，画眉深浅不关时。

三 林

采 茶

半绿微黄柳未匀，垄间早有采茶人。
孤山不觉惊鸿至，衔走西湖一瓣春。

高志发

毕业十年观留念有感兼忆诸同学

校园之外即江湖，眼界各随前路殊。
入世情怀多懵懂，摩云志气几踌躇。
相思每被留言惹，别泪常将合影濡。
定格青春今又见，此时心事那时无。

韩丽阁

寻梦人家

琉璃舍外柳鸣蝉,翁媪二三闲似仙。
小扇轻摇说新事,笑容微漾卜来年。
茗香飘过城乡路,短信传成亲子篇。
谁谱清歌吟向晚,桃源一梦有人先。

寇春连

行香子

江月盈盈,兰语轻轻。无眠夜、细数流萤。红笺有你,小字呼卿。为这般苦,这般爱,这般情。　　诗如潮涌,心若溪明。休相问、还有来生?文生雅意,琴谱谐声。任青玉案,钗头凤,雨霖铃。

甄德如

朝中措

人生何处不关情,恰似小浮萍。别后背灯相忆,愁来倚月伶仃。　　小庭风里,残红飘处,欹枕堪听。惟恐馨香去远,为伊亲系花铃。

严　雯

秋庭月

露重沾花落，徘徊叹夜凉。
庭阶流水色，衣袖浸天光。
朗照生寒意，孤悬曳暗香。
多情唯此影，无语挂东墙。

王鸿云

送　别

挥手迷茫无奈间，且同春燕语呢喃。
丹心纵有千重意，江水难留一叶帆。
尚有情深悲画扇，何须泪痛湿青衫。
归来落寞无人处，犹冀飞鸿带我函。

|青春诗会诗词选|

登高小试风云笔
——《中华诗词》2010年青春诗会侧记

刘宝安

11月15日至17日，《中华诗词》第8届青春诗会举行。宁静的京西八角村，又一次迎来了与会的青年诗友。郑伯农、李文朝、杨金亭、王亚平、周兴俊、李树喜、丁国成、赵京战、王改正、李赞军、董澍、刘宝安、宋彩霞、张晓虹等出席会议。

诗会由《中华诗词》常务副主编赵京战主持。中华诗词学会驻会名誉会长、《中华诗词》主编郑伯农首先致辞。他说，中央政治局常委李长春同志在给"三代会"的贺信中，对中华诗词学会多年来的工作给予了充分肯定，并对我们今后的工作提出了殷切的希望。他希望我们发扬传统，大力弘扬中华文化，紧跟时代，关注生活，创作出更多优秀的诗词作品，为社会主义文化大发展、大繁荣做出更大贡献。我们召开青春诗会要积极贯彻这一宗旨。目前诗词界是空前活跃，全国600多种诗词刊物，艺术的定位在于质量，群众的呼声也很高，要求拿出精品。因此，实施"精品战略"已是刻不容缓的事情。在具体谈到创作现状时，郑伯农强调，在弘扬主旋律的同时也要提倡多样化；但要警惕那种从卧室到书房再到厨房、闭门造车式的小景观、小情调的倾向。他说，你们年轻人是早晨八九点钟的太阳，写作诗词除了格律以外，阅历、气质、境界，以及个人的情操等都是至关重要的。希望你们成为诗词界的中坚、国家的栋梁。

中华诗词学会常务副会长、《中华诗词》杂志社社长李文朝发言，欢迎与会诗友加盟这次青春诗会。他说，机会是给平素有准备的人提供的。今天这些诗友，你们是具备了这种素质的，所以你们也就抓住了这次的机遇。李文朝说，最近马凯同志发表文章提出将格律诗词提高到复兴中华文化的高度进行审视，这对我们诗词工作者是莫大的鼓舞和鞭策。青年诗友更应该乘着这股东风，向长者学习，向专家学习，博采众长，逐渐形成自己的风格。

中华诗词学会副会长、《中华诗词》执行主编王亚平在致辞中说，我们的青春诗会可以说是四世同堂。希望各年龄段的诗人相互交流，达成共识。审美共识是资源，差异更是资源，这些都是使我们的事业永葆青春活力的必要条件。把视野打开，把心胸打开，把灵魂打开，创作时才能天马行空，控纵自如。

《中华诗词》原主编、顾问杨金亭语重心长地告诫青年诗友，要虚怀若谷，要戒骄戒躁，要居安思危，要有悲悯情怀和忧患意识。还要与人民同心，与时代同步，深入生活，净心妙悟，用自己的声音为祖国歌唱。

周兴俊、王改正等也在会上发言。

这次青春诗会的改稿虽然还是采用漫谈的形式，但却强化了作者对创作经历及构思过程的陈述。这样做，使主讲教师及与会者的发言更具针对性。

陈亮，来自河北卢龙，诗词之乡的创建对他影响很大。诗风通俗流畅，境界优美。请看《乡间即景》："古木藤花四五人，青石小凳对柴门。老驴拉碾斜阳碎，一袋烟锅化晚云。"村景的描摹自然真切。又如《烛》："瘦身盈尺淡烟生，一点昏黄照素筝。不忍相听星月曲，怜君和泪到天明。"拟人的手法，将自身情感融入其中，是有我之境。

齐凯与严雯，均为江汉大学学生。因该校对诗教非常重视，课堂、网上以及图书馆都留有他们的身影。再加上诗社的切磋，使他们眼界大开，下笔有神。齐凯称作诗如做人，主张平静而从容，不事功利，注重审美。"星宇因风阔，蛙声出水凉"，"月华何处落，碧草结秋霜"，"小桥春水柳如纱，行尽松林见客家。别有幽香风送到，原来纸上绽梅花"……寓意深邃，甘之如饴，可读性强。严雯的诗观是贵在一个"真"字。胸中感慨既久，其发必速。例如《咏柳》："轻扫飞鸢迹，细除行客尘。垂条倾碧色，染就一湖春。"可谓顺流直下，一气呵成。再看"朗照生寒意，孤悬曳暗香。多情唯此影，无语挂东墙"，秋庭月夜一览无余，跃然纸上，颇见功力。

周晶晶，来自华中科技大学，在古代文学专业读研。该校为诗教先进单位，历届青春诗会都有瑜珈诗社的代表参加，确实令人瞩目。周晶晶从十五六岁就开始接触诗词，熟读唐诗、宋词和清诗，师古而不泥古。例如《有感》："书生意气渐成痴，花畔推敲睡每迟。吟癖惯无谁可道，生涯赖有砚相知。笔惭汉魏真风骨，人笑齐梁旧布衣。期为风骚延正脉，画眉深浅不关时。"诗作典丽清华，不失赤子之心，实为正道。

三林，本名郭树林，河北临西人。书法、篆刻皆通。他原本工新诗，后受诗友影响，学写传统诗词。他的诗观推崇率真、自然，心随境移，言由心生。先看《晨起抄诗感兴》："芳岁钱塘客，今朝翰墨闲。一笺梅子雨，惊起唤吴山。"再看《采茶》："半绿微黄柳未匀，垄间早有采茶人。孤山不觉惊鸿至，衔走西湖一瓣春。"诗词、书法、绘画、音乐等艺术门类相通，我们从三林的作品中可以感悟到这一点。

高志发、甄德如和寇春连都是东北广袤土地上孕育出来的雏鹰。

高志发诗："燕子寻难见，凉风入我庐。闻霜今夜至，摘尽小园蔬。"又如："白山环抱自天成，远隔尘嚣别样情。亘古一泓深寂寂，不随江海作潮声。"高志发认为，作诗必先做人，人品高诗品自高。从上述的诗句中，我们已经感到他是一个足踏在地上、不图虚名的歌者。而甄德如和寇春连，她们性格开朗，活泼，二人文理兼治，既有形象思维又有逻辑思维，作品灵动，沉郁。例如甄德如的《丁香》："珠帘幽梦向春生，心上眉梢都莫名。倚枕潇潇听暮雨，丁香一夜又倾城"，"楼头云梦半参差，暮色藏花开未迟。且趁街深寻淡紫，紫箫细雨两听之"。再如寇春连的《送友人》："验取惺惺意，相逢信有因。泥香何处雨，水调几家春。一纸墨飞白，千江月近人。桃花红可寄，云杳雁频频。"她们积累丰厚，下笔有神。

韩丽阁和王鸿云都是中学教师。一个来自河北隆尧，一个立足安徽萧县。她们在繁重的教学任务之余，以诗释怀，让灵魂徜徉在诗的风韵里，好不惬意。例如："茗香飘过城乡路，短信传成亲子篇。谁谱清歌吟向晚，桃源一梦有人先。"再如："挥手迷茫无奈间，且同春燕语呢喃。丹心纵有千重意，江水难留一叶帆。"是的，人生的征帆才刚刚开始，我们相信她们一定能到达胜利的彼岸。

在闭幕式上，本刊常务副主编丁国成做了总结发言。他说，这届参会的年轻人非常活跃，诗作的艺术水平也有所提高，诗观的认识也越发深刻。希望大家今后多读书，尤其是哲学、美学以及诗歌理论方面的书。这样创作时就可以变盲目为自觉，变被动为主动，行如天马，任意驰骋。也正像诗人鲁扬所云："好凭时代风云笔，来写清平禹画天。"

2011年第1期

第9届青春诗会

韦树定

望 岳

缆车辘辘上嵯峨,人力天工两赞歌。
铁塔仰头钻日月,丰碑立地壮山河。
魂销绝顶龙吟莽,身逼苍崖虎气多。
万众同心凝砥柱,何愁南海看风波。

刘如姬

临江仙·豆豆狂想曲

　　天上繁星光闪闪,分些给我何妨。摘来串串挂纱窗,夜来争眨眼,风过响叮当。　　最好眠于云朵里,梦中遥上天堂。桂花树下有吴刚,嫦娥真漂亮,玉兔捉迷藏。

徐立稳

冬季拉练

初征塞外踏冰河,夜驻城边宿雪坡。
遥望楼头明皓月,空闻山野大风歌。
青春励志闲言少,宝剑磨锋感慨多。
谁共我心来纵酒,金樽举处亮霜戈。

关波涛

千龙湖

千龙湖畔草萋萋,极浦消愁一展眉。
吾欲结庐何所适?行吟无尽白云低。

陈正印

题驿头村老人院

应恨卜居瓯水边,百年惯送去帆悬。
寒蟾皎皎更添泪,断雁凄凄难托笺。
发际于今侵白雪,渡头依次待归船。
莫疑游子乡音改,仿佛形容是再传。

李伟亮

夜半途中

秋风一路响轻车,转入平川眺望赊。
今夜浏阳河水浅,满天星斗出长沙。

赵林英

桃花谷赏桃花不得

相缠俗务脱身难,怎得春光亲眼看。
自信桃花心底放,丝毫清气未曾芟。

赵子龙

中秋寄友

蛩机织今夜,明月上窗时。
梦若春山雪,心如杨柳枝。
郑乡千里外,芸简一封迟。
辗转无人语,暗香催入诗。

刘玉红

无　题

楼高临古渡，江夜正空朦。
月色依窗落，箫声作雪融。
悠悠千叠浪，澹澹一林风。
欲借云中笔，闲题过往鸿。

王秀华

读吕公眉先生《山城拾旧》

南梵钟声似可闻，念珠桃里捻清芬。
山城拾得花开日，长寄心头一片云。

张　雷

与妻子同游周郎赤壁

四顾心潮逐浪高，周郎曾此破强曹。
东风负我青春意，愧有佳人似小乔。

| 青春诗会诗词选 |

良才会青春　妙笔信如神
——大石桥青春诗会侧记

刘宝安

　　渤海之滨的"镁都"——大石桥市，文化底蕴深厚，人文自然景观众多。弥陀寺的巍峨，金牛山的神圣，淤泥河的传奇，所有这些将青年诗友们的激情一下子调动起来了。作为东道主的王秀华，说起家乡的山水，真是口若悬河，但她提出来一个问题，作为格律诗词怎样才能较好地表现时代精神？而刘如姬作为福建永安市文联副主席，她谈笑风生，愿敞心扉，崇尚灵性，主张与时俱进，知古而不泥古。以"我笔写我心"，用通俗的语言表现生活。在座谈改稿会上，韦树定常常陷入沉思，他提出诗人要有忧患意识，悲悯情怀。张雷写诗喜欢用新韵，他认为旧韵和新韵的作用都是一样的。赵子龙提出诗要深入浅出，要满足人们审美的要求。赵林英崇尚旧瓶装新酒，三人行必有我师。陈正印坚信功夫在诗外，"读万卷书，行万里路"。关波涛崇尚"远则道法自然，近则取材现实"。李伟亮和刘玉红都主张声律要严守，语言要有个性。在诗会闭幕时，执行主编高昌做了《回忆青春诗会》的闭幕词。他说多年过去了，青春诗会仿佛还是心灵之间的接头暗号，仿佛还是"青春"之间一种共同的骄傲和自豪。最重要的不是呈现在纸上的五花八门的华丽文字和机敏的小技巧，而是用深深的脚窝在广袤的大地上书写的漫漫人生这首最壮丽的诗篇。希望大家都写温暖的诗，走光明的路，做干净的人。

为了活跃气氛、提高大家的创作积极性，与会青年诗友们还开展了一场同题限韵限时作诗比赛，这项提议得到老先生们的认可。郑伯农、李文朝、欧阳鹤、周笃文四位老师，各自出了题目，由丁国成老师现场抓阄抽题，抽得周笃文老师的命题《咏大海》，同时限押平水韵上声部的"十贿"韵。题虽寻常可见，韵却是个险韵。这可是检阅每位青年诗友创作水平的一个有效方法。比赛开始后，室内顿时静了下来。经过与会杂志社编辑同仁公平民主的投票，最后的结果是：第一名刘如姬，第二名陈正印，第三名关波涛。现将他们的诗作分别抄录如下：

刘如姬《咏大海》："在宇仰星空，在野慕大海。有容纳百川，笃新恒无怠。白浪卷金沙，白鸥何自在。蔚蓝入广垠，澎湃如有待。欲携长风来，片帆沐霞彩。纷扰不须论，真我为主宰。人世幻桑田，襟抱终不改。"陈正印《咏大海》："弱水望滔滔，遐思涌每每。且看长流东，江河志不改。有德而不争，翻为天下宰。蒸腾为行云，甘霖施大块。人天和谐处，拍手看虹彩。"关波涛《咏大海》："荡腐吞邪谁主宰？沧桑阅尽犹可待。情随潮汐共天长，号伴鱼龙听欸乃。"

李文朝将军为了鼓舞士气，也作了一首名为《青春诗会》的七言绝句，限上平声"十一真"韵。现抄录于下，权作侧记的结束语："良才新秀会青春，欲做诗家先做人。时代情怀唐宋韵，华章妙笔信如神。"

2012年第7期

第10届青春诗会

黄晋卿

永川梨花歌

梨花山上梨花香，十里花香绕山梁。迤逦春山通魏晋，潺湲流水梦潇湘。如龙车骑香尘过，到此山间却徜徉。青旗酒家谈花事，遥指白云山坳藏。白云正乃梨花雪，山间女作梨花妆。如此春花今正好，何不曳杖负诗囊。既是探花不甚晚，潇潇微雨又何妨？我引青山作相知，青山却笑我来迟。山川如此真似画，春光正待我寻诗。梨花片片满枝头，丽影双双过小楼。翩然紫燕香云过，络绎行人暖雪留。绡雪轻飞长信殿，清溪正载武陵舟。芳春此地今正好，昔时游子复西游。梨花撷取簪云鬓，梨花酒解千古愁。又为梨花写娇容，太真凝睇蓬莱宫。飘摇素袂瑶池外，婉转霓裳月殿中。漫道佳人归去远，恍隔千载又相逢。山上氤氲馥云盛，山下湖似琉璃镜。星湖摇曳一湖星，梨花轻坠梨花影。鸥鸟蹁跹花坞来，圆荷摇曳湖烟冷。还携花枝蘸水行，愿效欧公载酒西湖颍。何必梨花换酒钱，梨花且做月明盏。邀以清风佐清欢，再斟春雨玉盅满。芳草长堤歌婉转，尽是评花踏月人归晚。春雨林花落春繁，湖光潋滟岚烟暖。诸君莫道仙乡远，人在巴渝不知返。

杨　强

夏日田村风雨

曲径尘飞蔽远瞻，葱茏嘉树隐间阎。
长风下野千重浪，大雨垂空万丈帘。
玄燕浴翎归舍静，碧荷擎盏酌浆甜。
澄怀淡月疏星夜，诗伴凝珠坠瓦檐。

张彦彬

长　沙

远眺麓山人已醉，凭栏湘浦接苍溟。
云随一脉来衡岳，波送三秋远洞庭。
长岛挥毫成巨帙，六桥跨水赋新晴。
古城夜夜烟花绽，江阁星辰映太清。

徐俊丽

山　居

我为山里客，峦嶂是深闺。
雨露酿甘醴，阴阳育翠微。
朝随岚气聚，暮逐彩云飞。
难舍夕阳去，登坡挽落晖。

徐凌霄

临江仙·过故人庄

心事十年深锁，萍踪两地堪嗟。当时情愫最无邪。碧纱窗下坐，相对读南华。　　到此几番踌伫，向人低问君家。停车望处绿云遮。斜阳庭院里，归燕自穿花。

汪业盛

归去来兮

碧草青青碧水长，辞家万里意彷徨。
孑身虽负凌云志，瘦骨犹存傲世芒。
几许清心抛利锁，一蓑烟雨去名缰。
明朝把酒西窗下，烹煮诗文待客尝。

王　维

黄海演习

波诡云谲号角音，海空亮剑对敌群。
启航舰艇千龙骋，耀武雄鹰万里吞。
深捣蓝营凭赤胆，高擎红帜仗忠心。
战雷齐射惊涛怒，威慑八方捷报频。

赵海萍

诉衷情·天河山挂件

深秋物色纵横愁。一抹淡妆羞。红丝蓝底情字，好寄笔中柔。　　人已去，水长流，几时休。梦依何处，只记当时，素手明眸。

丁浩然

鹧鸪天·新登鹳雀楼

千百年来事未休，今朝又我独登楼。几回梦想期如影，多少情怀盼更愁。　　凌绝顶，醉星眸；临风把酒忆从头。清思袅袅依栏绕，黄水悠悠向海流。

邱艳燕

咏杜甫

览小群山立韵巅，吟坛至圣百千年。
笔伐权贵砭时弊，诗悯苍黎誉史篇。
郁郁穷身雄志在，萧萧草舍妙文传。
后生诚谒期新墨，再领风骚倡养廉。

刘宏玺

登越秀山

一山明秀有何奇，岁岁丰年邑不饥。
高楼望海堪怀古，石塔端襟思触危。
放眼城中云逐雨，凭栏江上夜围棋。
越王踪迹凭谁记，来往行人问不知。

诗家清景在新春
——2013年《中华诗词》张家界武陵源青春诗会侧记

潘　泓

"诗家清景在新春，绿柳才黄半未匀。"《中华诗词》杂志2013年青春诗会于4月15日至4月18日在世界自然遗产张家界武陵源举行。

每年一届的青春诗会，已成为《中华诗词》杂志的一大亮点和品牌。2013年青春诗会，经过初选和专家投票终评，在全国35岁以下的青年诗人中，遴选了11位佼佼者与会。

中华诗词学会、《中华诗词》杂志社的领导和专家，十分看重并亲临青春诗会。他们有郑伯农、李文朝、周笃文、宣奉华、丁国成、赵京战、范诗银、高昌、林峰、宋彩霞等。

青春诗会由张家界市武陵源区承办。诗会由开幕式、改稿和交流创作体会、采风、专家讲课和闭幕式几个环节组成。开幕式由本刊副主编林峰主持。本刊社长李文朝将军致开幕词（全文另发）。中共张家界市武陵源区委副书记侯家骧致欢迎词。中华诗词学会顾问、湖南诗词协会会长赵焱森做了以"诗人的不老青春"为题的讲话（全文另发）。

诗会上同时颁发了第2届"谭克平杯青年诗词奖"。入选今年青春诗会的黄晋卿、杨强、张彦彬获"谭克平杯青年诗词奖"，徐俊丽、徐凌霄、汪业盛、王维、赵海萍、丁浩然、邱艳燕、刘宏玺获

"谭克平杯青年诗词奖"提名奖。

在诗会开幕式上，湖南省诗词协会还举行了隆重的授牌仪式，湖南省诗词协会授予张家界市武陵源区"诗词之乡"荣誉称号并赠送书画作品；李文朝同志向武陵源区赠送了书画作品；郑伯农同志向武陵源区赠送了"诗意青春"牌匾。

讨论、修改作品和交流创作体会，是青春诗会的重点内容。在诗会期间，十位专家学者"先当学生后当先生"，都事先对学员的作品进行了细致深入的研读，然后一对一地与青年诗人从宏观的创作取向、观念到具体的创作技巧，开展了平等的对话交流。在结对交流的基础上，进行了集中讨论。讨论由老师分别点评学员的优点和不足，指明了各自要坚持的和要克服的地方。老师们热情与厚望在胸，循循善诱，学员们点滴吸收，谦恭而平和。气氛亲切活泼，收获甚丰，是学员的普遍反映。

学员的作品，风格各有千秋，表现手法也丰富多彩。来自重庆文理学院文化与传媒学院中文系的女讲师黄晋卿，着力表现真善美，关注社会民生，积累学养，表达识见，注重气韵。来自山西太原从事教育工作的杨强，认为情感一定要真实。若无真情实感，宁可搁笔，不做无病呻吟。来自东道主湖南的张彦彬认为，作为年轻诗人，应把传承国学及民族文化精髓作为首要的任务，把增加学识，积累底蕴，陶冶情操作为培养个人文学素养的方法，将讴歌时代精神作为自己诗词创作的目标。山东徐俊丽的作品，以诗写时代、诗要清新自勉，既有女孩的柔婉之美，又有新事与古韵结合之妙。辽宁锦州姑娘徐凌霄，家学传承，运笔深得黑土地之辽阔高远厚重之味，她的作品字里行间所展现的宽广视野、幽远诗情莫不令人赞叹。军旅诗人汪业盛的作品，不论是述事还是述怀，不仅有超越自我的家国情怀，更有北国边疆的壮美大气和军人的使命感与责任感相结合的思考与超迈。同是来自军队的王维，深感在做政治教育时，传统诗词具有强烈的感染力和说服力，因此他笔下的海军生活训练和海疆海港，都是一幅幅充满激情的画面。河北姑娘赵海萍，主张遣词贵华贵实，造境贵奇贵真，写意贵大贵新。来自曹魏古都许昌的丁浩然，写怀处笔触细腻入微，写事处笔锋犀利如锥，皆能拓得新境。江苏姑娘邱艳燕，格律功底扎实，作品重在关注时代，立意高远，托事颂时，笔法与立意皆堪细品。从事文化工作的刘宏玺，诗路开阔，笔法圆润，能从世事人情中咏出独到感悟。

诗会期间，本刊编委周笃文教授做了以"激活传统，继雅开新"为主旨的讲课。他说：时代在不断前进，人的心态也是随着时代潮流而不断变化的，我们要在继承传统中吸收新知加以开拓创造，否则诗词无以继远。李文朝将军就为传统诗词注入时代精神发表意见，就这一重要问题，他结合自己的创作，从直面时代题材、升华时代意象、抒发时代情感、用活时代语言、反映时代气息、描绘时代画卷等六个方面进行了阐述。李文朝同志的讲话，具有很强的现实针对性。本刊主编郑伯农同志就诗词如何反映时代与写作中如何抒发情感，谈了自己的见解。他说：王国维讲一代有一代的文学，诗要反映时代是共识，怎么反映？要有新语句、新境界，还要有作者本人的思想感情和感悟。他列举了毛泽东同志"萧瑟秋风今又是，换了人间"和"神女应无恙，当惊世界殊"的名句，指出反映时代的好作品，都是从现实生活中提炼新的意象的，不仅有形象，而且都是有新意的。关于抒发情感，他说，正如爱情是永恒的，人们的悲喜情感也是永恒的。比如愁，是人类的基本情感，社会上矛盾长在，因此总会有"愁"。反映正常的社会现象，哪怕有点愁也是向上的。"满天风雨满天愁"就是大革命失败的真实写照，"悔教夫婿觅封侯"就是古时候闺中怨妇心理的真实写照。写愁要写出忧患意识，体验和反映老百姓的情感。他语重心长地说，反映时代的作品要靠青年诗人去创作，好的作品，也要靠青年诗人去创作。

在诗会闭幕式上，本刊执行主编高昌对本届青春诗会做了总结。他说，本次青春诗会有以下收获：一是第一次和省级诗词组织合作举办青春诗会，为今后青春诗会的发展提供了一种新的借鉴；二是涌现了一批优秀的诗词苗子，出现了不少令人欣喜的好作品；三是探讨了诗词反映生活和时代精神等诗词界的重大课题；四是进行了非常有价值的紧张而又新鲜的采风，相信会有大批优秀作品涌现出来，他用谈心的口吻说：诗人的写作应该有时代责任感，要有人民意识，同时也要书写自己的生命状态、生活体验和个人情感，归根结底还是要表达和折射自己的心灵世界。所以一个有存在意义的令人尊敬的诗人，首先应该做到心里充满阳光，做一个高尚的人、纯粹的人、干净的人、温暖的人。他说，当前我国诗词事业欣欣向荣、生机勃勃，这种清新迷人的文化生态成为实现美好中国梦伟大进程中的一道亮丽风景线。

"谭克平杯青年诗词奖"获得者黄晋卿代表学员在闭幕式上发言。《中华诗词》杂志副主编丁国成在晚宴上致答谢词。"诗意青春梦幻多，浪花滴水汇洪波。兴观群怨悲欢事，七彩人生谱壮歌。"李文朝将军这首七绝，是2013年《中华诗词》张家界武陵源青春诗会的生动写照。

第11届青春诗会

白云瑞

女同学结婚有赠

惯听沙漏细无声,别让青春总卖萌。
闺蜜终难成眷属,婚姻未必是围城。
选条项链随心戴,生个姑娘可劲疼。
料想他年清梦里,老歌闪过泪晶莹。

王永收

打铁汉

耳畔响叮叮,茅棚打铁声。
蛮吟秋露白,蛙唱夏荷青。
挥起千钧力,惊飞一夜星。
如今机械化,炉火叹零丁。

曾小云

题莫愁湖半开海棠

六代女儿清白身,妖娆恰好最精神。
若非春睡未能足,恐是湖醪真太醇。
年少强言愁似水,花残始觉事如尘。
醒来尽把芳心吐,眼下人为解语人。

张友福

闻一年轻失明者乞唱有寄

沿街乞唱有谁听,手抱吉他声动情。
一盏心灯能点亮,失明未必事难成。

吴宗绩

海滩小憩

椰风轻拂晚霞柔,独卧银滩听海流。
为爱天涯沙似雪,不辞长作一轻鸥。

姜美玲

一剪梅·白玉兰

雪魄冰魂白玉颜，几许芳鲜，几许清妍。娟娟卓立小庭园，疏了纷繁，远了嚣喧。　　雨后幽香绕晓岚，叶梦戋戋，枝鸟关关。不争春色自超然，笑与人谈，更与天谈。

邱　亮

彭秀模教授九十椿寿

九十龄翁不辍耕，大家气象卓然成。
中天杲杲金鸡唱，上野呦呦白鹿鸣。
南极仙家诚小寿，蓬莱道骨亦多情。
手招华表千年鹤，趺坐松涛听海声。

耿立东

酒后戏作兼赠羊城诸友

书养风流剑养侠，长歌剧饮故人家。
忽明忽暗杯中月，时去时来雾里花。
欲驾五羊酬社稷，先将一纸寄天涯。
暂约四海春风后，醉罢长安复问茶。

王海亮

甲午初春杂感

散漫春风又一程，高楼频上岂忘情。
终朝霾雾连云起，霎那晴光向日生。
杯酒可能催气暖，寸心独许踏潮平。
昨宵香破梅花阵，隐隐奔雷震有声。

谢文韬

假中闻当地多名官员因贪腐入狱有感

俯仰岁时阴且晴，归乡每日恋春醒。
无聊犹读《凌云赋》，感慨常闻落马声。
伯约屯田能报国？休昭主事或除名。
何如白屋望佳节，长照朱颜墨一泓。

赵日新

和诗友配图诗《拾秋叶》

敛起遐思三两堆，也拾梦里牧风吹。
缤纷落指纤纤韵，能抵君题画上谁？

问渠那得清如许　　为有源头活水来

——《中华诗词》2014年延安青春诗会侧记

潘　泓

"问渠那得清如许，为有源头活水来。"陕北的四月，莺飞草长，春意盎然。在这个万类生发的时节，《中华诗词》杂志2014年青春诗会暨第3届"谭克平杯青年诗词奖"颁奖仪式，于4月21日至4月23日在革命圣地延安举办。参加青春诗会和颁奖活动的有：《中华诗词》杂志社的领导和顾问及本届青春诗会导师郑伯农、李文朝、李树喜、周笃文、丁国成、高昌、林峰、刘庆霖、荆雷、宋彩霞、潘泓等同志，支持本次活动的陕西省天然气股份有限公司和延安市燃气总公司的领导，入选2014年青春诗会并获得"谭克平杯青年诗词奖"的十余位青年诗人。会议由《中华诗词》副主编林峰主持。

李文朝致青春诗会开幕词。他说：延安是中国革命的圣地，是中国革命从胜利走向胜利的大本营。72年前的5月23日，毛泽东同志在延安文艺座谈会上发表了重要讲话，成为人民的、大众的先进文化的指路明灯。《在延安文艺座谈会上的讲话》同样是我们弘扬中华诗词文化的行动指南。我们把青春诗会的地点选定在延安，更有着特殊的重要意义。他强调，青年诗人"入门须正，立志须高"，发展中华诗词事业需要青年人，发展中华诗词事业更需要有时代责任感和历史使命感的青年人。他引用严羽《沧浪诗话》中的话："学诗以识为主，入门须正，立志须高"，认为这也是"欲做诗家先做人"的基本要求。他强调要坚持诗词创作的正确方向，即深入生活、深入实际、深入群众，坚持"三贴近"；要坚持诗词创作的正确原则，即马凯同志所概括的"求正容变"，坚持精品立身，勇立时代潮头。

延安市燃气总公司领导杨进荣致欢迎词。

陕西省天然气股份有限公司原副总经理荆雷在开幕式上讲话。他说：对于一个企业来说，当诗歌走进企业，便是让诗歌更接近地气；当企业拥有诗歌，便是让诗意和精神能量去丰富企业。相信这次活动一定会促进企业软实力的提升。

开幕式结束前，郑伯农做了简短的讲话。他感谢陕西和延安的同志对会议的大力支持，鼓励青年诗友践行毛泽东在《讲话》中阐明的文艺方向和创作道路，并送给青年诗友八个字："厚积薄发、精益求精"。诗会为每位入选诗会的青年诗人安排了一位老师，诗会期间，老师与青年诗人一对一地就他们的作品开展讨论，并进行了集中的点评和改稿。点评既指出亮点更指出了努力的方向；改稿既注意立意谋篇也涉及择字结句，每一个环节，都是双向交流，既生动活泼，又深入透彻。

诗会闭幕时，白云瑞代表青年诗人发言，他说：参加本届青春诗会，见到众多仰慕已久的诗坛前辈，同时结识一批同样痴迷诗词的青年诗友，感到非常荣幸。通过向老前辈们学习请教和青年诗友们之间的切磋交流，受益匪浅。他代表青年诗人对《中华诗词》杂志社大力扶植青年、发展诗词后备力量表示感谢和敬意。

《中华诗词》执行主编高昌在闭幕式上对本届青春诗会做了富有

情感的总结发言。他在发言中首先感谢陕西省天然气股份有限公司、延安市燃气总公司对青春诗会的周到接待和热情支持，感谢著名诗人谭克平先生和本刊名誉主编、为"谭克平杯青年诗词奖"获得者书写他们的诗句的著名诗人、书法家刘征老师对青年诗人的关心和鼓励。他介绍说，投稿参加今年青春诗会的人数达150人，入选比例为15比1，竞争非常激烈。很多参评诗友的作品质量都不错，缺少的可能只是一份机缘。他表示："我们一定把青春诗会继续办下去，争取为中华诗词的发展多输送新鲜力量。"他说："指导老师们很认真，青年诗人们也很刻苦。虽然艺术上可能会有不同的理解，但爱诗的心是相通的。青春诗会的成果，最终需要体现在青年诗人们的创作质量上。"他认为格的高低，区分出人的轻重和厚薄，也成为评诗论文的一个重要尺度，青年诗人们要保留一份淡泊从容之心，摒弃浮躁，静下心来，要"立身以正，守心以纯"。

入选本届青春诗会的作品，风格多样，题材丰富，手法纯熟，内蕴健康积极，充满活力，笔触能深入生活并提炼感悟，作品富有探索精神并有明显的时代特征。他们的作品各有佳思佳句，而在总体上异彩纷呈。

诗会期间，全体与会者，参观了著名的王家坪、杨家岭、宝塔、七大会址、鲁艺旧址等红色革命景点，深入了设施先进、管理科学的天然气输送现代企业。这些采风参观活动，让诗人们由衷惊叹，更引发了诗人们的深入思考和感悟，激发了诗人们的创作灵感。

2014年第6期

第12届青春诗会

朱思丞

巡　边

浩歌翻白雪，落日界碑前。
霜重棘林矮，鸟稀关所偏。
风收山现马，影过草凝烟。
枪刺挑寒月，星沉一线天。

芮自能

定风波·题社区女警陈怡

不怕风霜逼翠华，枫桥默植漫抽芽。十万琴心谁慢许，看取，满城开遍向阳花。　　柳暗烟迷知几度，何惧？未妨明月照生涯。紫殿寒楼何处好？言道：民心安处是吾家。

陈慧茹

凌霄花

欲引芳情向碧霄，苍藤不畏骤风摇。
裁出羽叶层层翠，扯下红霞做锦袍。

张月宇

离粤返湘道中作

万籁无声夜色阑,长车呼啸过重山。
经年望北藩羝梦,兹日图南倦鸟还。
负褓可曾萌乳齿,倚间何以报苍颜。
晨曦一线穿窗外,已到浏阳第几湾。

张小红

题老病返乡的打工者

半世频将苦难经,烦忧染就鬓边星。
朝朝暮暮星如梦,去去来来身似萍。
壮岁城乡常辗转,暮年宅院自零丁。
强撑瘦骨村头立,独羡邻家小麦青。

杜悦竹

登泰山

昂头天外欲飞仙,别出红尘意卓然。
偶沐高风知节气,一从绝顶识方圆。
山因格峭无常道,松自标孤若大贤。
曾是孔丘悄立处,且看余脉正绵延。

孙守华

竹扫帚

君子青青举世夸，临风修节对芳华。
街头巷尾舍身去，扫尽尘埃洁万家。

陈鸿波

登永济鹳雀楼

眼底黄河入海流，抬头又见晋阳秋。
风吹塞草倾巢动，雁过胡天一望收。
万壑寻洋归济泽，千峰耸翠近中州。
登临便有浩然气，数遍江山上此楼。

崔杏花

夏夜游荷池

毕竟不成眠，寻凉菡萏边。
萤从草尖亮，月向水心圆。
一片星辉里，几声蛙鼓前。
来生如有幸，许我作青莲。

胡江波

愧赠河东成君

方寸负于千里程，一从分后愧频生。
河东不弃牧翁老，塞北空怜飞燕轻。
易叹双鸳非我命，难还数语是君情。
青衫早惯伶俜苦，对此何堪薄幸名！

曾入龙

初　夏

一堤柳系晚烟浓，不及娇荷片片红。
近水浅波舟荡漾，隔山残照月朦胧。
人行幽径闲情在，树隐鸣蝉野趣浓。
如有蜻蜓池上过，何妨借我一襟风。

渠芳慧

临江仙

　　为问年光曾几许，向人往事都多。鬓丝青影暗消磨。心心留凤愿，燕燕觅前窠。　　曾是谁家红杏下，飞香邂逅春鹅。后来合作梦之歌。十分新概念，一次旧风波。

郭文泽

玲珑四犯·红梅

数点殷红,是大小梅苞,私下春约。屋角墙边,不要检芳人觉。已惯远地偏居,竟忘了、市街喧浊。正有心一睹清廓,还被玉颜羞却。　　料应未许人窥度,只香魂、倩为依托。东风渐入千家暖,唯此情稀薄。休挽白日清光,促景物、早成华烁。又暗将时刻,惜如花,珍如萼。

肖弘哲

旅夜书怀

杜鹃啼处雨潇潇,别馆谁堪去路遥。
一握伤心冷青豆,十年故意老花雕。
醉听端己吟幽草,病叹从嘉写夜蕉。
自古人生多憾事,留于门外浙江潮。

邹　路

踏　春

可将胜步开,山水不拘才。
草被春关注,风由树送来。
一枝花艳丽,数对鸟徘徊。
管下三千万,诗中任剪裁。

借他晴碧景　抒我海天情
——《中华诗词》2015年青春诗会侧记

潘　泓

春天的山东省寿光市，街衢靓丽，田野葱茏。2015年5月8日至11日，《中华诗词》杂志社在这里举行了2015年"谭克平杯青年诗词奖"颁奖仪式并举办了2015年度青春诗会。

推出优秀作品、培养青年诗人，是《中华诗词》杂志的办刊宗旨之一。参加本届颁奖和诗会活动的有：中华诗词学会、《中华诗词》杂志社的领导和编辑，本届青春诗会导师郑伯农、李文朝、李树喜、丁国成、范诗银、高昌、林峰、刘庆霖、宋彩霞、潘泓、胡彭等同志，山东省诗词学会会长李殿魁、副会长郝铁柱、李广林、耿建华等同志，山东省寿光市委、市政府领导，入选2015年青春诗会的15位青年诗人。

参加2015年青春诗会的15位青年诗人是：获得"谭克平杯青年诗词奖"的朱思丞、芮自能、陈慧茹；获得"谭克平杯青年诗词奖"提名奖的张月宇、张小红、杜悦竹、孙守华、陈鸿波、胡江波、崔杏花、曾入龙、渠芳慧、郭文泽、肖弘哲、邹路。

5月9日上午的开幕式，寿光市委常委、宣传部长袁世俊致欢迎词，本刊社长李文朝致开幕词。接着举行了中华诗词学会授予寿光市"诗词之市"称号的授牌仪式和"谭克平杯青年诗词奖"的颁奖仪式。李文朝代表主办单位，对寿光市获得"诗词之市"的称号表示衷心祝贺，对东道主给予本届青春诗会的大力支持表示衷心感谢，对获奖诗人表示热烈祝贺，并预祝会议取得圆满成功。

本届青春诗会，提交作品参选者120余人，参选者总体水平较高。经过数轮优中选优，共有15位青年诗人入选。本届青春诗会，一是参加人数在近几年中较多；二是平均年龄低，最小的才21岁；三是地域和职业分布面广，如有三位青年诗人来自农村。

本届青春诗会由副主编林峰主持，诗会期间，辅导老师和青年诗人一对一地进行了平等深入的讨论交流，并集中逐人逐诗讨论改稿。

郑伯农主编在诗会集中点评后做了语重心长的讲话，他肯定了青年诗人们的作品有对生活的独到感受，希望青年诗人对诗词永远保持"初恋的激情"。他说，这次青春诗会能发现和选入三位来自农村的青年诗人，是可喜可贺的。"谭克平杯青年诗词奖"获得者、来自解放军的朱思丞代表与会青年诗人发言。他说："参加青春诗会是一次难得的学习机会，诗会期间不仅有幸结识了许多慕名已久的老师前辈，而且通过老师们面对面的传帮带，青年诗人们开阔了视野，认清了不足，明确了方向。"

《中华诗词》杂志执行主编高昌在闭幕致辞中说：青春诗会是我们的"接头暗号"，一提这四个字，在寿光度过的这段美好时光就会在我们的胸中重新燃烧起来。经过寿光这片沃土的滋养，在这片宜居宜诗宜梦的热土有过三天短暂而美丽的聚会，希望我们的作品今后都能够发出长寿之光，既有长久的生命力，又有广泛的影响力。

诗会期间，本刊副主编刘庆霖应邀为寿光部分诗词爱好者、在校大学生进行了诗词讲座，共有300多人参加。

第13届青春诗会

哈声礼

河口观涛

耳畔涛声若有无,灵龟独览一湖珠。
今朝佳节与君度,秋色当分我半壶?

马腾飞

喝火令·青春

大梦何曾觉,痴痴我自安。一程乖蹇度流年。纵折此身翎羽,犹自爱蓝天。　　莫效沉沦事,休辞世事艰。青春何惧路三千。许我蹒跚,许我苦中甜。许我转头成败,收拾旧征鞍。

陆修远

浣溪沙·秋登灵均台

醉里孤身今复来，拾阶扶梦上云台。幸依秋水作香怀。
夜雨黯噙丛菊泪，夕阳红透晚霞腮。那年心事怕人猜。

李 红

秋 行

秋晚山城散菊香，与君携手步悠长。
金梧叶下齐疏影，白发肩头满夕阳。
忆旧同嗟人事改，掩衣相惜夜风凉。
漫扶竹杖轻归去，淡月空街数点霜。

黄康荣

蝶恋花

漠漠寒云生暝色。细雨霏微，灯火长街湿。行客渐无车渐寂，风声还似归声急。　又是一年终此夕。落寞烟花，响散窗之侧。我亦有家思不得，高楼望尽天南北。

郭亚军

喝火令·蔷薇园

那夜歌初放,牵谁款款归。为谁呵手种蔷薇。同祝世间蝴蝶,于此永徘徊。　　十载琴声换,菱花忆得谁？竹篱笆上暖风回。误了春深,误了梦低垂,误了指间残血,溅在海之湄。

安洪波

晨　跑

秋寒升栈路,视野豁然开。
青鸟空中过,白云天上来。
不能停脚步,岂敢讷英才。
都说西山好,风烟望五台。

徐中美

答谢泰州秦鸿兄持赠《履错集》

恨晚结诗俦,鸿词气韵攸。
存思吟翠袖,履错写清秋。
绮梦歌如月,幽怀写作愁。
逆风追海曙,我羡一沙鸥。

夏 苏

临江仙·月夜怀远

深苑清闺罗帐冷，玉盘又照鸳衾。念君久病枉煎心。恨无双羽翼，路远绝来音。　　水复山重空目断，千言难诉思深。今宵拟向梦中寻。春风衔月至，花下慢调琴。

辜学超

代悲打工人

霓虹入夜新，归软莫相询。
掬得妻儿泪，挣来微薄薪。
楼台隔乡梦，汽笛转烟尘。
拼尽壮年力，犹为城外人。

诗林新叶发铜城

——纪念红军会宁会师80周年《中华诗词》白银青春诗会侧记

潘　泓

明珠辉大野，诗事重青春。纪念红军会宁会师80周年《中华诗词》青春诗会，于2016年6月26日至29日在塞上名城甘肃白银市圆满举行。诗会由《中华诗词》杂志社、白银市委宣传部、白银市文联共同主办，白银日报社、白银市诗词楹联家协会承办。

诗会于6月26日举行开幕式。中华诗词学会常务副会长、《中华诗词》杂志社社长李文朝将军致开幕词，并以个人的名义向白银市委市政府赠送了书法作品。白银市人大常委会主任贾承世、市政协原主席艾立兴、市政协副主席于萍出席开幕式，副市长陈其银致辞。甘肃诗词学会副会长李枝葱出席开幕式并致辞。中华诗词学会顾问、《中华诗词》杂志副主编丁国成，中华诗词学会副会长、《中华诗词》杂志执行主编高昌，中华诗词学会代秘书长、《中华诗词》杂志副主编刘庆霖出席开幕式。开幕式由中华诗词学会副会长、《中华诗词》杂志副主编林峰主持。甘肃省诗词学会、白银市委宣传部、白银日报社、白银市文联、白银市诗词楹联家协会等方面的领导和诗人、《中华诗词》杂志社工作人员、入选2016年青春诗会的10位青年诗人出席开幕式。

李文朝在致辞中说，值此红军长征胜利80周年之际，我们在白银这样的历史文化名城举行以培养青年诗人为目的的诗会，具有特殊的意义。当前，中华诗词事业面临蓬勃发展的大好局面。每一个当代中华诗人词家和诗词爱好者，都要有一种"匹夫有责"的文化自觉性和历史责任感，为繁荣发展中华诗词事业而倾心竭力。他强调，每年一度的青春诗会，目的就是要培养造就中华诗词事业的接班人。他要求青年诗人，要想立志成才，最根本的是"欲做诗家先做人"，要做到"入门须正，立志须高"八个字。从做人层面讲，"入门须正"应注意三点：价值取向要正，思想态度要正，求学途径要正。在"立志须高"方面，目标要高，品位要高，起点要高。希望与会的青年诗人珍惜这样的难得机会，深入交流，广交朋友，扎扎实实地把自己的思想水平和诗词艺术水平再提高一步。

陈其银在致辞中说，举办纪念红军会宁会师80周年《中华诗词》白银青春诗会，不仅有助于推动诗词艺术全面发展，对宣传白银，推介白银，促进白银经济社会全面发展都将有不可估量的作用。

开幕式上颁发了"谭克平杯"青年诗词奖、提名奖。哈声礼、马腾飞、陆修远等三人获2016年"谭克平杯"青年诗词奖。李红、黄康荣、郭亚军、安洪波、徐中美、夏苏、辜学超等七人获2016年"谭克平杯"青年诗词提名奖。

诗会中，李文朝、丁国成、高昌、林峰、刘庆霖、李枝葱、潘泓、胡彭等八位老师，与青年诗人就他们参选的作品开展了一对一的交流，交流既谈创作体会，也分析了作品的优点与不足。分头交流讨论环节后，还进行了集体讨论，由指导老师对作品逐一做了点评。

青春诗会闭幕式由刘庆霖主持。闭幕式上，市政协副主席于萍、白银日报社社长高财庭分别讲话。哈声礼代表青年诗人发言。高昌点评现场创作作品并对青春诗会做了小结。于萍在讲话中说,纪念红军会宁会师80周年《中华诗词》白银青春诗会在白银举办,为白银注入了更多的文化活力,为年轻人学习古典诗词提供了难得的契机,希望更多的人积极投身到弘扬传统文化的队伍中来,群策群力,建设文明白银。哈声礼在发言中说,我们会把自己对白银的感受写成诗词和白银人民共享。我们要深刻领会李文朝将军提出的学诗"入门须正,立志须高"的要求,认真学习,走正路,歌正气,用手中的笔传播正能量,做一个中华诗词的继承者和传播者。

高昌在小结中说:喜欢标榜"诗歌精神"的诗人圈子里似乎有一个自视圣哲的心理习惯,有一种不同凡俗的优越感,但是诗歌精神并不是什么弱不禁风、超然世外的神秘玄妙的东西,不是贴在诗人们高贵的额头上的精神标签。"世俗关怀"促使我们置身于沸腾的迅猛行进的生活行列中,真实地去感受人民群众劳动、创造和开拓的顽强意志和决心;它要求我们的诗歌去贴近时代的脉搏,去应和现实生活的火热节律。"世俗关怀"如果受到了蔑视,以绝对真理的面目出现的"诗歌精神"就会趋于贫乏、保守、简单和自欺欺人,就会失去广泛的群众基础和锐利的创造锋芒。

诗会期间,与会人员参观了白银市矿山遗址、虎豹口红军西征渡口、会宁红军会师地、景泰黄河石林等景观。在会宁,李文朝向会宁红军长征胜利纪念馆赠送了书法作品——他创作的《满江红·长征》词。

中华诗词学会名誉会长、本刊主编郑伯农同志因病未能到会,他委托杂志社同仁向白银市领导和诗友表示衷心感谢,向莅会的青年诗家表示热烈欢迎,并祝他们更上一层楼。

2016年第8期

第14届青春诗会

蒋本正

六十三团治沙有成:"人进沙退"诗以咏之

　　排排杨柳锁黄沙,染绿边城千万家。
　　妙手东风留水墨,点睛之笔是桃花。

陈少聪

浣溪沙·赠威宁诸诗友

　　渺渺烟波映碧峦,芦花荡漾鹭鸥闲。相偕客棹水云间。
　　舟外风光尤醉眼,舟中诗兴已成篇。弄潮踏浪待来年。

耿红伟

檐间避雨记

绿杨荫外小红桥，向晚春光尚未销。
燕去燕来浑自在，花飞花落亦多娇。
回风飒飒诸峰阔，流水迢迢一梦遥。
欲计归程行不得，打窗细雨正飘潇。

唐云龙

与友约酒

渝州一别已多时，金谷重开难自持。
花似青春总伤逝，人随岁月更相知。
闻君酿得解忧酒，供我吟成遣兴诗。
桂正馨香情正悦，笑看玉兔下西枝。

韦　勇

浪淘沙·梧州博物馆见汉代玛瑙珠串

　　圣代只遗珠，往事模糊。红颜白马已成枯。销尽英雄多少恨，霸业王图。　　想见两心初，一诺江湖。眉妆为画髻轻梳。百战劫余千载后，梦隔苍梧。

刘 洋

水龙吟·步刘征先生韵贺中华诗词学会创建三十周年

故园不忍回眸,黯然犹唱千秋曲。雅音声默,贯珠词绝,残花带雨。空叹隋唐,痴怜秦汉,笙歌户户。惜白眉皓首,感伤后继,愿未平、心难足。 何惧世人侧目。三十年、躬耕沃土。华章迭韵,吟怀寄古,清钟叩玉。又领风骚,重操琴瑟,再熏兰杜。恰春潮送暖,江天酹酒,当跨越、歌新赋。

张佳亮

河北挂云山抗日六壮士跳崖处怀古

挂云山上断崖高,云去崖空恨未消。
遥忆当年飞血雨,长听此地卷惊涛。
残枪寂寞埋荒径,铁骨坚贞葬野郊。
我到松前一侧耳,风声犹似马萧萧。

李昊宸
雪夜与初中诸友聚会

平居故国未疏顽,歌板蛮腰壁上观。
望里春山尝抱玉,客中秋露自加餐。
劳劳鸿雁随君远,剪剪萍风入夜寒。
莫畏前行风雨骤,冰心一片路途宽。

王文钊
临江仙·中秋

玉洗流光庭下舞,梧桐静写秋深。轻歌一片起音尘。凤箫清夜好,天海两相闻。　　醉上高楼呼月饮,转逢何处归云？澄江依旧照离人。放花逐水去,千里共孤轮。

张孝玉
夏日即事

新挂云屏便异常,清茶画卷共流香。
何须进入空调界,已识人间炎与凉。

青春诗会诗词选

建安风骨入诗来

——2017年《中华诗词》许昌青春诗会侧记

武立胜

"闻听三国事,每欲到许昌。"郭沫若先生的这句名言,让三国文化之乡许昌充满了神秘感和诱惑力。2017年4月26日至29日,由《中华诗词》杂志社、许昌市委宣传部、许昌市诗词学会联合主办,与许昌第11届三国文化交流旅游周同步展开的2017年《中华诗词》许昌青春诗会,在河南省许昌市举行。

诗会于4月27日开幕。中华诗词学会常务副会长、《中华诗词》杂志社社长李文朝,中华诗词学会副会长、《中华诗词》杂志执行主编高昌,中华诗词学会顾问、杂志副主编丁国成,中华诗词学会副会长、杂志副主编林峰,中华诗词学会秘书长、杂志副主编刘庆霖,杂志社社长助理兼办公室主任李赞军,杂志编辑部和办公室工作人员,许昌市政府副市长秦春梅、河南省诗词学会会长何广才、许昌市政协副主席李俊恒、许昌市委宣传部副部长程志伟、许昌市诗词学会会长李国庆,许昌市委宣传部、许昌市诗词学会相关工作人员和部分诗友,入选2017年青春诗会的10位青年诗人出席开幕式。

秦春梅副市长在开幕式上致欢迎词。首先,她代表许昌市政府向中华诗词学会、《中华诗词》杂志社在许昌举办青春诗会表示衷心感谢，对参加诗会的各位领导、诗词名家和青年诗人表示热烈欢迎。她说，许昌具有历史文化悠久、交通区位优越、产业特色鲜明、生态环境优良、民营经济发达、发展活力充沛的六大显著特点，是开放型、创新型城市，是郑州大都市区的重要组成部分。2017年《中华诗词》许昌青春诗会的隆重举行，是全国诗词界的一件大事，更是许昌的一件要事喜事，必将给许昌文化发展提供新的帮助、新的动力。她表示，许昌将以此次诗会为契机，秉承"建安风骨"遗风，认真贯彻落实中央、省委工作部署，积极打造中原文化高地，加快建设中原文化强市，不断提升城市综合竞争力，努力打造更有特色、更富魅力、更具活力的崭新许昌。

  李文朝同志在开幕式上做了动员讲话。他首先对许昌市委市政府及各大班子、省市诗词学会各级领导和各界人士，对中华诗词事业和《中华诗词》杂志的关心支持，以及为促成本次诗会所做的努力表示感谢并"点赞"。随后，他就如何利用青春诗会培养诗词人才、培养什么样的诗词人才，进行了具体论述。他说，追求什么样的诗词风格是诗人的创作自由，但培养时代需要的诗词人才，引领健康向上的文学价值取向，是我们举办青春诗会的既定目标。他还说，《中华诗词》杂志社每年拿出专门的人力物力财力举办青春诗会，不是要大家"仿制"脱离现实生活、无病呻吟的"假古董"，而是要引导创作习近平总书记倡导的有筋骨、有道德、有温度的时代精品力作。他强调，要防止和克服青年诗人中出现的一些消极思想，校正他们的文学价值取向，引导他们适应时代，深入生活，贴近大众，正确处理思想性与艺术性、主旋律与多样化的辩证统一，做一名无愧于伟大时代的青年诗人词家。最后，李文朝说，2016年他在甘肃白银青春诗会上所做的《再谈"入门须正，立志须高"》的主题动员讲话，其基本原则和精神对今年也是适用的，为不占用大家太多时间，由编辑部印发给每位青年诗人学习参考。河南省诗词学会何广才会长在讲话中说，许昌是"建安文学"的发祥地，希望参加本次青春诗会的10位青年诗人，秉承"建安风骨"，尽快成长为中华诗词的优秀继承者，为推动中华诗词的繁荣发展做出自己应有的贡献。

开幕式上，丁国成副主编宣布了"谭克平杯"青年诗词奖、提名奖获奖名单。与会领导给青年诗词奖获得者蒋本正、陈少聪、耿红伟，提名奖获得者唐云龙、韦勇、刘洋、李昊宸、张佳亮、王文钊、张孝玉颁奖。同时，《中华诗词》杂志社还向青年诗人赠送了印有本人诗词作品的精美纪念品，并特别向3位青年诗词奖获得者赠送了《中华诗词》杂志社老社长、著名书法家和诗人梁东先生为其诗词撰写的书法作品。

诗会期间，李文朝、何广才、高昌、丁国成、林峰、刘庆霖、潘泓、武立胜、胡彭等9位老师，对青年诗人们的参选作品进行了认真修改，并就创作导向、创作技巧等问题进行了一对一的交流辅导。在最后的集体讨论环节，指导老师还对参选诗人的作品逐一做了点评，既肯定优长，也指出不足，对青年诗人的成长起到了极大的鼓励和鞭策作用。为帮助青年诗人了解三国历史文化、感受许昌社会发展成就，诗会主办方还组织与会人员参加了许昌第11届三国文化旅游周开幕式，参观了许昌市规划馆和许昌市博物馆，并到曹丞相府、春秋楼、灞陵桥、毓秀台等三国文化景点以及西河堤、北海、东湖等水系景观进行了采风。

在圆满完成各项议程后，诗会于4月29日上午顺利闭幕。闭幕式由刘庆霖主持。许昌市诗词学会李国庆会长讲了话，蒋本正代表青年诗人做了发言。高昌在对本届诗会进行简短总结后，带领大家一起学习了马凯副总理在中华诗词学会成立30周年之际所作的文章《美哉中华诗词》，并转达了刘征、梁东两位老领导对与会青年诗人的祝愿和殷切希望。高昌分析了当前青年诗人的创作倾向，认为传统文化的传承发展，需要固守本根，不忘初心，同时也需要革故鼎新，需要尊重人的创造精神，激发人的创新活力，挖掘人的积极因素，营造一种礼敬先贤、鼓励探索的良性氛围。

《中华诗词》杂志主编郑伯农老师因事未能到会。他委托杂志社同仁向许昌市委、市政府及许昌市诗词学会表示衷心感谢，向莅会的青年诗人表示热烈欢迎，并祝他们写出更多更好的作品。

2017年第7期

第15届青春诗会

李兴来

乡 思

浮世飘零久，乡关一望中。
槐香频入梦，燕语每随风。
幸有椿萱茂，岂无云路通。
犹思新荠味，归卧画桥东。

赵云鹏

聒龙谣·游广西宁明县花山岩画文化景观

晴鸟新啼，暗云旧梦，十万大山藏去。遥对南疆，似桃源深处。探奇险、陡壁拦回，费曲折、左江迟注。正凝眸，一带清波，翠峰影，接天宇。　　攀崖石，画人文，问刻岩烧赭，当年谁主。春秋百越，叹都成千古。画中人、毕竟无言，算绝技、莫非神女？待重来、踏月流香，共沙鸥舞。

禚丽华

浣溪沙·踏青

草色如茵晏水边，燕斜杨柳雨敲弦。平波湖上叠轻烟。
许是春风还负我，不曾吹遍杏花天。徒留缱绻碧蹊间。

薛　景

小重山·赋天堂鸟

岁月生香入我怀，天涯今不远、两悠哉。最清凉处上闲阶，有仙鹤、引颈向高台。　　低若一尘埃，年年尘土里、探花开。故人何处等风来，也等你、等你与君偕。

张伟超

重过鸡鸣驿

边声海气几曾殚，勒石铭勋想已残。
驿骑久无闲处过，烽烟只在画中看。
西风槐蕊飘香尽，落日孤峰抱影寒。
危堞空余吟客事，直须登阁倚栏杆。

张思桥

临江仙·凤城怀古

遥忆秦台栖凤处,于今往事成空。长城依旧立秋风。东巡犹可笑,龙又惧真龙。　漫道王侯皆有种,羡他平莽英雄。是非成败问渔翁。便无三尺剑,也会入关中。

吴　楠

沁园春·为三十六岁生日而作

了悟青春,直面风雷,气旷河山。遇景阳恶虎,举拳便打,钱塘怒浪,飞棹当先。结义群芳,放怀万马,快意平生不计年。轻回首,爱江山依旧,今古悠然。　胸中自有雄关,度秋月春云去又还。故大江奔涌,沧溟漫卷,浑如访道,亦是修禅。望断层云,坐拥五岳,半盏清茶细雨前。乾坤转,钓一溪好月,换取明天。

李俊儒

归乡杂感

故乡频作异乡游，百感如何一笔收？
车笛声传云外岭，珠灯影荡水中楼。
新街遍走无相识，老巷半迁谁可留。
童子尚衔长命锁，难防岁月是神偷。

晏水珍

贺勇哥侬侬姐喜结良缘

数载良缘暗可期，春风犹觉画眉迟。
同歌岁月真如梦，合韵生涯即是诗。
执手互怜千盏醉，回眸各许几分痴。
他年老却风烟里，化作人间连理枝。

刘　博

无　题

小城真沸沸，旧岁太匆匆。
得失终非梦，行藏岂是空。
渐知才有限，每叹学无穷。
悲喜经年事，烟花明灭中。

云弄竹溪月，诗妆新泰天

——2018年《中华诗词》新泰青春诗会侧记

武立胜

2018年5月10日至13日，由《中华诗词》杂志社、中共新泰市委、新泰市人民政府联合主办，中共新泰市委宣传部、新泰市文学艺术界联合会、新泰市旅游局承办，新泰市诗词楹联学会、新泰市中医医院、新泰市鑫泰建设集团协办的2018年《中华诗词》新泰青春诗会在山东省新泰市青云山庄隆重举行。

参加本次诗会的有，中华诗词学会顾问、《中华诗词》杂志社顾问李文朝，中华诗词学会常务副会长、《中华诗词》杂志社社长范诗银，中华诗词学会副会长、《中华诗词》主编高昌，中华诗词学会顾问、杂志副主编丁国成，中华诗词学会副会长、杂志副主编林峰，中华诗词学会副会长兼秘书长、杂志副主编刘庆霖，杂志副主编宋彩霞，社长助理兼办公室主任李赞军，杂志编辑部和办公室工作人员，中共新泰市委副书记、新泰市市长赵书刚，新泰市委常委、宣传部部长李玲，新泰市委宣传部常务副部长范清君，山东省诗词学会会长李殿魁、副会长郝铁柱以及副秘书长李新华，新泰市文联和社科联主席、新泰市诗词楹联学会会长徐勤启，新泰市文联、社科联党组书记负相宝，新泰市旅游局局长徐加珠，新泰市中医医院院长闫家平，新泰市山东鑫泰建设集团董事长陈绪功，以及新泰市部分诗词爱好者和入选2018年青春诗会的10位青年诗人。

　　诗会于5月11日上午开幕。林峰主持开幕式。李玲致欢迎词，她首先代表新泰市委、市政府，向青春诗会的召开以及"谭克平杯"青年诗词奖获得者表示热烈祝贺，向多年来关心支持新泰文化事业发展的各位领导表示衷心感谢。接着，她简要介绍了新泰的历史沿革和发展情况。她说，新泰古称平阳，西周建立，属于鲁国，被誉为"三圣山水故里、千年诗画新泰"。新泰是全国百强县、全省县域经济30强县，是一座加速崛起的现代工业新城、生态宜居的山水园林城市，曾获得国家卫生城市、国家园林城市、中国优秀旅游城市、全国文化工作先进市、全国基础教育先进市、中国书法之乡等荣誉称号。先后举办了"文明新泰，美丽家乡"新春诗会、广场诗词大会等活动，曾获"齐鲁诗词之乡"称号。李玲最后表示，新泰一定以2018年《中华诗词》新泰青春诗会为新的起点，进一步推动诗词"六进"活动，让诗词文化更加适应时代、深入生活、走向大众，努力争创"中华诗词之乡"。她恳切期望中华诗词学会和《中华诗词》一如既往地关心支持新泰文化事业发展，指导帮助新泰为落实习近平总书记提出的弘扬中华优秀传统文化和实现中华民族伟大复兴的中国梦做出应有的贡献。

　　范诗银社长致开幕词说，山东人杰地灵，山雄水秀，物华天宝，历史悠久，齐鲁大地深厚的文化底蕴为传统诗词发展提供了丰富的营养，2018年青春诗会能在新泰举办，表现了山东人民对传统文化的深切热爱，对中华诗词的关心支持，值得敬重和感谢。他要求参会的青年诗友们，利用这次诗会多了解新泰的历史文化和发展成果，多创作反映新泰时代风貌的优秀诗作。最后，他用"新无止境、泰达天下"

表达了对新泰的美好祝愿。李殿魁会长在讲话中简要介绍了山东省诗词学会和山东省诗词的发展状况。李文朝顾问说，自己虽因到龄而卸任了中华诗词学会和杂志社的领导工作，但很欣慰地看到学会和杂志社新的领导顺利接过了诗词事业的接力棒，相信长江后浪推前浪，一代更比一代强。他同时表示，希望学会和杂志社新的领导们，不要辜负山东省诗词学会和新泰市委市政府的迫切愿望，为山东省和新泰市诗词建设发展提供切实的帮助和指导。

  因事未能参加开幕式的高昌主编向诗会发来了贺信。他写道，在抽穗灌浆的美好时节，青春诗会在新泰举办，可谓上齐天时，下占地利，中得人和。中华诗词走遍天下，总能找到同一节拍的心跳，总能唤起同一频率的共鸣。弘扬中华传统文化、传承中国精神，不是一句空洞的口号，而是要传递出丰富的内涵和宝贵的神韵。中华诗词既是中国文化、中国精神的一种美好载体，也是最真挚、最亲切的一种沟通媒介。青春诗会是弘扬中华诗词、培养青年诗人的一种有意义的尝试。诗词学习，入门须正，立志须高。诗词创作，贵在言为心声，抒写性灵，同时也要有扬清激浊的勇气，要有美丽和健康的情怀。

  开幕式上，丁国成宣布了"谭克平杯"青年诗词奖、提名奖获奖名单，与会领导为青年诗词奖获得者李兴来、赵云鹏、禚丽华，提名奖获得者薛景、张伟超、张思桥、吴楠、李俊儒、晏水珍、刘博颁发了奖杯和证书。

  诗会期间，担任指导老师的李文朝、高昌、范诗银、林峰、刘庆霖、宋彩霞、潘泓、武立胜、胡彭、何鹤等，与青年诗人们进行了一对一的辅导，并在集体交流讨论中对他们的作品逐一做了点评，既肯定优长，也指出不足，帮助青年诗人端正创作导向，掌握创作方法。

诗会还组织与会人员到新泰市第一实验小学、鑫泰建设集团、新泰中医医院、莲花山等进行了参观采风。新泰市还为诗会举办了一次以诗词歌舞和诗词朗诵为主要内容的新泰青春诗会文艺晚会。

　　5月13日诗会顺利闭幕，刘庆霖主持闭幕式。林峰在诗会总结中说，每届青春诗会都会涌现出一批才气横溢的青年诗人，这些后起之秀不但在各地诗词组织担任了骨干，也成为国内诗坛的中坚。有人把《中华诗词》青春诗会称为"诗词界的黄埔军校"，可见青春诗会这一品牌在诗词界影响之大。10位青年诗人均具备了成为一流诗人的潜力和才情，诗途宽广，前程远大。但是，也要看到不足，要把这次诗会当作一个新起点、一段新旅程、一次新进发。

　　青年诗人代表李兴来在发言中说，能够参加《中华诗词》青春诗会，是我们青年作者一生中最宝贵的精神财富和无上荣耀。我们将把这次诗会作为加油站，不断提高自身理论素养，坚持贴近时代、贴近生活，抒写真性情，传递正能量，不负青春韶华，不负初心梦想，为繁荣传统诗词文化贡献一分力量。

2018年 第8期

第16届青春诗会

胡 维

登岳阳楼

千古长堪倚，潇湘百尺楼。
洞庭生杜若，云外散汀州。
来者怜贫病，何人问乐忧。
乾坤归有道，再放木兰舟。

李 点

晨游圆明园口占

承露仙人泣晓风，雀移残础草花中。
孝陵石马遥相感，一片伤心几代同。

陈植旺

白露夜汕头东海岸凭栏

百尺凉台漫月波,远空明朗挂秋河。
楼群涌到沧溟畔,分得天光海韵多。

丁　昊

戊戌小满夜看钱江

天河慢转近残更,寥落风烟满客城。
长暮连星判经纬,清江浮影看参横。
十年所恃书兼酒,去路无凭雨或晴。
故梦已随舟楫远,人间未绝是潮声。

毛维娜

鹧鸪天·一夜花开

晨起遥听鸟乱纷,推窗乍见树成云。顷之燕去流光静,留却芳浓细语深。　　酬月客,念风君。还说烟雨塑吾身。三千谢意兼羞涩,一夜催开梦底春。

李　洋

临江仙·街边电话亭

寂寞身披黄叶，红蓝漆落霜泥。当年耳畔诉相思。潇潇微雨夜，飒飒暮风时。　　原地半生颙望，长街一别如斯。誓言总似水之漪。心随秋老去，不许忆归期。

宋华峰

示班级早恋学生

怀袖深藏小纸条，南塘秋水涨莲娇。
山盟却似青春痘，一过青春痘即消。

楚　雪

山　居

春风挥笔点花开，万壑层峦锦绣裁。
守得初心耕岁月，山高自有白云来。

王淑贞

满庭芳·桃花

方缀青梢,旋飞鬓角,锦云迎面微寒。萼浮香润,蜂蝶趁娇妍。零落东风不管,清溪细,终日溅溅。莺声啭,谁家儿女,相并蹴秋千。　　流年。浑未觉,心为形役,渐少欢颜。看霞绽枝头,绿染春山。欲折一枝寄与,思量罢,还叹缘悭。空相忆,武陵烟水,梦不到从前。

郭小鹏

秋夜乘公交末班车晚归

清秋夜寂露沾襟,城市喧嚣已不闻。
楼顶月非独往客,街头风是自由身。
闲云舒卷常无意,俗事沉浮总有因。
转角霓虹疏影照,末班车上晚归人。

让诗词变得有滋有味
——2019年《中华诗词》盐城大洋湾青春诗会侧记

武立胜

四月的江淮平原，水沛风清，花繁叶茂，处处洋溢着春天的气息。2019年4月12日至15日，《中华诗词》杂志每年一届的青春诗会，在自古就以"环城皆盐场"而闻名于世的"中国盐都"——江苏省盐城市隆重举行。

本届青春诗会由《中华诗词》杂志社和盐城城投集团合作举办。参加诗会的有：中华诗词学会副会长、《中华诗词》主编高昌，学会副会长、杂志副主编林峰，学会副会长兼秘书长、杂志副主编刘庆霖，学会顾问、南京师范大学教授钟振振，学会顾问、上海诗词学会副会长杨逸明，杂志副主编宋彩霞，杂志社社长助理兼办公室主任李赞军，杂志编辑部和办公室工作人员，以及入选2019年青春诗会的10位青年诗人。盐城城投集团党委书记兼董事长任连璋，盐城市政协文史委主任、市诗词协会主席徐于斌，盐城城投集团党委委员、纪委书记王勇，盐城城投集团党委委员、总经理助理潘勇，盐城城投集团文化顾问李有爱，盐城城投集团文创公司负责人陈建蓉等参加了相关活动。

诗会于13日上午在水城酒店开幕。刘庆霖主持开幕式。任连璋致欢迎词，他首先代表盐城城投集团向莅会的各位领导和来宾表示热烈欢迎，对中华诗词学会与集团共同举办"中国盐城·大洋湾"诗词联赋征集活动，并在大洋湾景区设立"中华诗词范仲淹研究创作基地"表示诚挚谢意，向青春诗会的召开表示衷心祝贺。他表示，我们将珍惜与中华诗词学会良好的合作机会，积极开展各类诗词活动，大力弘扬中华传统文化，不断丰富景区文化内涵，努力把城投集团打造成文企合作的样板。

林峰在开幕词中说，《中华诗词》杂志创刊二十多年来，秉承培养新人、提倡精品的理念，在历届青春诗会中已培养近两百位后起之秀，现在大多数都在各地的诗词社团中担任了重要职务，成为各地诗词组织的中坚力量。他还代表因事未能参会的中华诗词学会常务副会长、杂志社社长范诗银宣读了贺词。

高昌在《保持纯真》的主题讲话中说，要成就一位优秀诗人，生命的底色非常重要。滚滚红尘会在现代人的心上涂抹很多东西，斑驳迷离，五花八门，但是最珍贵的，还是纯真二字。只有感情纯朴，心地纯真，本色纯正，灵魂纯洁，才能杜绝伪诗，写出真诗。高昌还转达了《中华诗词》杂志的前辈刘征、杨金亭、郑伯农、欧阳鹤对各位青年诗友的殷殷嘱托。他最后说，我们《中华诗词》人薪火相传，心心相递，时刻以红烛精神、春蚕事业砥砺自己。青年是诗词的希望，培养青年诗人是我们义不容辞的责任。"囊中应蓄风雷句，且向珠峰雪顶题"，期待青年诗人们雏凤凌空，振翅高翔，勇攀诗词的珠穆朗玛峰。

徐于斌介绍了盐城市的历史沿革和在近代革命史中发挥的积极作用，以及近年来盐城市建设的巨大成就和发展目标，并鼓励青年诗人下功夫提高德、才、学、识。

李赞军宣布了"雏凤奖"获奖名单，与会领导为获奖者胡维、李点、陈植旺、丁昊、毛维娜、李洋、宋华峰、楚雪、王淑贞、郭小鹏颁发了奖杯和证书。

开幕式后，10位年轻诗友介绍了自己的基本情况和诗词观点，并朗诵了个人代表作品。

诗会期间，指导老师高昌、钟振振、杨逸明、林峰、刘庆霖、宋彩霞、潘泓、武立胜、胡彭、何鹤与青年诗人进行了结对交流辅导，并在集体讨论中对他们的作品逐一做了点评。宋彩霞主持点评会。主办单位还组织与会人员到大洋湾生态景区、丹顶鹤湿地公园、陆秀夫祠等进行了参观采风。

诗会于15日圆满闭幕。李赞军主持闭幕式。刘庆霖致闭幕词，他在对本届青春诗会进行了简要总结后，用两句话表达了对青年诗人的期望。一是要懂感恩，知来历，学互敬，二是要盯住诗词的本质特征进行创作，写出明亮、美丽、芬芳、深情的诗词作品。

胡维在代表青年诗人发言时说，青春诗会为我们青年诗友搭建了一个难得的交流沟通平台，既切磋了技艺，更开阔了视野。我们青年诗人一定认真总结不足，为今后的诗词创作汲取丰富营养。

今年的青春诗会，得到了全国各地年轻诗友的积极响应，先后有302名符合征稿条件的诗人报名参选。

2019年第6期

第17届青春诗会

王敏瑜

春日夜步思抗疫事

雨近黄昏过一程,梅开处处未倾城。
人间月色歌何计,笺上春风画不成。
吟向寻常林下路,梦悬十万楚骚声。
遥知此夜清辉满,无数英雄又出征。

唐本靖

临江仙·暗恋

　　细雨何须惊艳,微风自不从容。乌云消散正相逢。日光零乱后,她在彩虹中。　　从此阴晴何处?如冰如火行踪。愈分明处愈朦胧。当时三两句,心底数千重。

白存权

小桥丽影

丽影轻柔去未遥,吴音语软笑声娇。
秋风也爱蛮腰好,一路追人过小桥。

金　旺

有感两年青春诗会落榜

青春诗会两将分,日历前头不等人。
纵是来年诗会有,我当何处买青春。

曹　杰

登阅江楼

疏凿人言大禹功,江流极目雪山空。
碧波环绕三千里,宝鼎中承九域风。
泪泣铜驼平野没,日眠檐角画旗红。
登楼北望当年事,多少残棋未解通。

黄伟伟

鹧鸪天

　　镇日深居心绪多，闲中人打柳村过。两三蛱蝶游于野，四五黄鸡团在窠。　　花照眼，鸟酬歌，初生春水露梨涡。遥知久伫成风景，猜是湘娥是谢娥？

孙双凤

劳动合同续签

细笔方将握手中，三年期满变长工。
花开花谢枝犹在，人去人来志不同。
此日心头留空白，当时印字失新红。
金泥页底深深按，再种青春迹一丛。

彭　哲

泸州玉带河公园作

酒城何处赏芳姿，闲步寻来驿舍西。
烟水浮春拦客久，江风推月上楼迟。
翻空紫燕织微雨，入苑银光就好枝。
醉里青山轻探取，临归借我几联诗。

龙　健

因疫未外出

睡起风清月在廊，窗含残露共苍苍。
天边掠影灯花瘦，院里鸣禽草木香。
闭户何烦亲友问，出门还怕事情忙。
周围逐渐行车远，穿入黎明一束光。

龚晴宜

旅居绮色佳城冬夜有作

急霰孤城上，凭窗眺远阿。
灯遥天愈暗，风怒木常歌。
片雪家千里，浮云事几何。
晚来游子意，更欲向谁说。

李岱宸

日月潭游

重山翠黛珠潭碧，日月双轮造化穷。
鸣鹿呦呦亲叶草，浮萍泛泛报莲蓬。
灵槎破浪千帆远，水寺停云万境空。
涟皱抚平沉迹响，风华刹那印心中。

"云上"的浪漫诗旅
——2020年《中华诗词》青春诗会侧记

武立胜

"晴空一鹤排云上，便引诗情到碧霄。"一千多年前的刘禹锡应该没有想到，他极富想象力的诗句，会被诗词后来者们进行一次"通感式"的运用。然而，现实就是如此的神奇而绚丽。一千多年后的今天，《中华诗词》杂志和一群朝气蓬勃的青年诗人，对刘禹锡的"云上"进行了"内涵转嫁"和"情境再现"。刘禹锡的"云上"无限高渺，我们的"云上"则无比广阔。不同的"云上"，充满了同样的诗情画意。

7月11日，《中华诗词》杂志社利用网络平台，采取"云上"方式，成功举办了2020年青春诗会。

参加本届诗会的有：中华诗词学会会长郑欣淼，《中华诗词》杂志主编高昌，《中华诗词》杂志社社长范诗银，杂志副主编林峰、刘庆霖、宋彩霞，社长助理兼办公室主任李赞军，中华诗词学会学术部副主任李葆国、组联部副主任田凤兰、青年部副主任胡宁，浙江省杭州市诗词学会副会长朱超范，《中华诗词》杂志编辑部主任潘泓和编辑部、办公室全体人员以及入选的10位青年诗人王敏瑜、唐本靖、白存权、金旺、曹杰、黄伟伟、孙双凤、彭哲、龙健、龚晴宜。青年诗人李岱宸因高考缺席诗会。

开幕式于11日上午举行,由林峰主持。

范诗银在开幕词中首先对入选的11位青年诗人表示祝贺,尔后他简要介绍了采取"云上"方式举办诗会的原因,分析总结了本届诗会青年诗人地域分布、学历、职业、政治面貌等情况,充分肯定了参选作品的选题立意、艺术手法、风格特点。最后,他对青年诗人的成长进步表达了殷切期望。

郑欣淼会长发表了重要讲话。他说,我是第一次参加青春诗会,而且是迄今为止唯一一届利用网络举办的青春诗会,很有意义。中华诗词的希望在于人才的培养,青年诗人要打牢基础,拓宽眼界,努力学习,积极进步,不但要走上高原,更要攀上高峰,成为复兴中华优秀传统文化的中坚力量,甚至是领军人物。他最后说,青春诗会是发现和培养诗词新生代的上好方法和绝佳途径,杂志社要认真总结经验,形成传统,不断完善方法,争取越办越好。

刘庆霖在发言中说,青年诗人要多关注诗词理论,以理论指导创作;要警惕浮躁心理,多听批评意见;要订阅《中华诗词》,做到学用结合。

之后,田凤兰介绍了申请加入中华诗词学会的办理程序和要求,李葆国对青年诗人诗词创作中存在的一些突出问题谈了自己的认识,胡宁就诗词的"道具化用词"与大家进行了交流,宋彩霞做了《唤起青春的诗意》的发言,李赞军宣读了青春诗会"雏凤奖"名单,潘泓明确了导师与青年诗人的教学对应关系。朱超范在发言中对因疫情导致诗会未能在杭州市萧山区义桥镇实地举办表达了遗憾之情,并真诚地表示,当地政府和诗词组织特别是杭州市诗词学会,欢迎大家随时光临义桥镇观光采风。参会的10位年青诗人也各自简要介绍了自己的生活工作情况和诗词经历。

　　高昌在开幕式上做了"青春致辞"。他说，"云上"青春诗会是《中华诗词》杂志有史以来的第一次，是很有纪念意义的诗坛盛事。对于诗会的作用，他有四点期望。一是他者视角。即"认识你自己"。二是文学自觉。即从情感的厚度、思考的宽度和思辨的深度，对诗歌观、诗歌批评和理论探索、诗歌视野拓展、诗歌题材开拓和家国情怀担当、创作技巧等的革新热情和创造探索方面，产生自觉而清醒的审视和追求。三是身份标识。把青春诗会的身份加持、雏凤奖的象征意义，作为诗坛的"接头暗号"，无论任何时间和地点，都能通过它找到同一频率的共鸣和共振。第四是宽广胸襟。即艺术创作上要追求个性，艺术精神里要崇尚包容。

　　当日下午，高昌、范诗银、林峰、刘庆霖、朱超范、宋彩霞、潘泓、武立胜、胡彭、何鹤与10位青年诗友进行了集体参与、一对一互动式的作品点评和交流。之后举行了闭幕式。

　　闭幕式由刘庆霖主持。林峰对诗会进行了总结。他说，入选的11位诗人，风格不同，各有优长，都是百里挑一的优秀青年诗人。但是，鲜花和掌声并不代表你们的作品完美无缺，要敢于正视自己的不足，不断改进和完善，真正成为青年诗人中的"尖子生"和"顶梁柱"。

　　王敏瑜代表青年诗人做了表态发言。她说，入选青春诗会是我们诗词之路上的一个里程碑，同时也是我们诗和远方的新起点。今后，我们一定会以对诗词的虔敬之心，坚持贴近时代、扎根生活，不负青春韶华，保持初心梦想，向诗的高峰不断迈进。

最后，范诗银以一首《寄语庚子青春诗会青年诗友》结束了本届诗会："竞开庚子夏，一簇十一花。本自三原色，缤纷五彩葩。恰恰晓晴里，款款海云槎。温柔并敦厚，铁板和琵琶。兴观又群怨，紫剑与红牙。有风鼓怀抱，山晖连海霞。有雅歌肝胆，蔬黍接蒹葭。有颂奉家国，长河卧龙沙。有梦载复载，初心一寸夸。高城喧韵语，大地种桑麻。切磋兴比赋，相呼你我他。"

2020年 第9期

第18届青春诗会

毛华兵

秋冬谒金龙寺

玲珑飞阁指云川,令我相思已数年。
古寺堂皇花处处,佛门冷落叶翩翩。
非为人少难朝圣,却是心浮不问禅。
今喜独怜秋院静,轻收鸟语过幽泉。

王映锦

北坡亭雅聚分得亭字

因春成雅聚,乘兴访坡亭。
把酒缘心契,忘年合眼青。
人知生有限,道似水无形。
弦管声声疾,从容座上听。

刘子轩

浣溪沙·梦中过碧云寺醒记之

闲扣山门久不开，碧云僧懒任生苔。名花都做野花栽。
老法师闻松子落，小沙弥报故人来。挑帘相顾两开怀。

刘佛辉

修　山

一卧酣沉惯寂寥，年年倩影动春潮。
侵堤十万黄金缕，漱石三千碧玉箫。
大野星垂闻啸咏，苍崖鹿隐问渔樵。
临江记有相思梦，牵袂来倾绿玉瓢。

吕星宇

春　来

东山袭暖意，暮雨润阶苔。
傍水杨花堕，衔泥燕子来。
旧竹犹掩映，新柳未徘徊。
夜永风吹绿，更阑诗补白。

郭子思

清平乐·读杜诗辛词

江山逆旅，苦笔双飞举。青史丈夫空自许，白发负它金缕。　　认取风格堪侪，相与搏浪腾舟。一睹澄江满月，不知沙渚银钩。

段春光

乌恰夜怀

犹有乡思不可抛，试听风势渐萧萧。
千家灯闭城初静，万里云开月正高。
壮志真堪融塞雪，归心亦自泛江潮。
昆仑山上寻常夜，独倚寒窗望碧霄。

徐小平

过雅州二仙桥

小桥流水半含烟，斜跨西东且自圆。
嘴似银河吞日月，心如明镜照云天。
推开河浪三千里，看透轮回两万年。
爱在黄昏披斗笠，锦纶抛向锦鳞边。

晁金泉

【双调·折桂令】题十八届青春诗会

从来雏凤音清。幼笋朝天，后浪谁争？继李杜文章，苏辛笔调，关马才情。恰青春词坛任骋，共谱这盛世新声。一笑相逢。一纸龙蛇，一醉酕醄。

樊　令

水调歌头·斤岭古道

秋事已如许，木落四山空。疏疏人过竹隙，枫冷挂残红。俯仰天连斜栈，回首苔封狠石，杖履点云丛。高处一舒啸，客袂满天风。　　斜阳断，鸦阵乱，过千峰。寻仙尽日不见，使我独形容。为问女萝山鬼，知否人间换世，不语立苍松。又唤清愁起，上界打霜钟。

太行之山何崔嵬　岩幽谷隐藏风雷
——第18届《中华诗词》青春诗会侧记

胡　彭

青春诗会是培养青年诗人的摇篮，是《中华诗词》杂志社多年打造的经典品牌。2021年的青春诗会，在建党100周年的前夕、在历史悠久的文化名城河北省涉县将军岭、在八路军129师战斗过的地方隆重举行。

第18届青春诗会的10名学员，是在近400名的青年诗人中层层选拔出来的，平均年龄只有28岁，其中最大的年龄37岁，最小的年龄22岁。

5月20日，在八路军129师纪念馆举办了开幕式。参加开幕式的有：《中华诗词》杂志主编高昌，《中华诗词》杂志社社长范诗银，《中华诗词》杂志副主编林峰、刘庆霖、宋彩霞，中华诗词学会常务理事姚泉名，河北师范大学文学院教授、博士生导师江合友，《中华诗词》杂志编辑部主任潘泓和编辑部、办公室全体人员。入选本届青春诗会并荣获"雏凤奖"的青年诗人毛华兵、王映锦、吕星宇、刘子轩、刘佛辉、徐小平、郭子思、晁金泉、樊令现场参会，段春光诗友因防疫需要留在新疆乌恰的工作岗位，通过网络参会。

这次青春诗会在中华诗词学会红色之旅采风期间同时进行，中华诗词学会驻会顾问罗辉、副会长沈华维、秘书长张存寿，河北省诗词协会会长郭羊成、名誉会长王学新、副会长兼秘书长梁剑章以及中华诗词学会机关参加采风的诗人、河北省各地参加采风的诗人也出席了开幕式。

开幕式由刘庆霖主持。范诗银致开幕词,他首先感谢河北省诗词协会、感谢涉县人民政府和诗词组织为青春诗会提供的帮助。同时,对青春学子提出了希望。他说:涉县有个娲皇山,是女娲补天的地方;将军岭是八路军129师奋战多年的地方。我们要发扬女娲补天的精神,发扬129师"九千将士进涉县,三十万大军出太行"的战斗精神,用诗词修补山河,修补心灵,修补未来,补社会的缺陷,补心灵的缺陷,补精神的缺陷。

开幕式上,河北省诗词协会会长郭羊成和涉县政协主席陈英分别致辞,对诗会召开表示祝贺。129师纪念馆馆长李海军介绍了将军岭的情况并寄语青春学子继承前辈先烈精神,用诗词歌颂英雄,歌颂祖国。

接着举行了雏凤奖颁奖仪式,随后青春诗会的全体人员参观了129师司令部旧址,刘伯承、邓小平旧居等红色景点,登上了涉县五指山最高峰,瞻仰了著名景点娲皇宫。

5月21日进行了青春诗会闭门改稿会。由指导老师对青年学子进行了一对一的作品点评,整场气氛认真,恳切,热烈,真诚。下午三点,出席第18届青春诗会的青年诗人们参加了现场作诗比赛。中华诗词学会周文彰会长现场出题《北京天安门》,并限韵"五微",限体裁"七绝",限时间一小时。高昌主考,范诗银委托刘庆霖监考。考试结束后,现场评委通过匿名评选,决出前三名。由周文彰会长从中评出状元、榜眼、探花奖,依次是毛华兵、徐小平、王映锦。奖品为书法家弘陶、缶皮的墨宝。

5月21日下午五点，青春诗会举行了闭幕式。

周文彰会长在闭幕式上做重要讲话。他说"中华诗词的未来在青年"，祝福青年诗人们尽快成长，嘱咐青年诗人们把青春诗会当成新起点，把自己的诗词水平提高到一个新的境界和高度，并期待大家回去后进一步带动所在地的诗词创作活动。

闭幕式由林峰主持，刘庆霖做了青春诗会小结，"班长"刘子轩代表本届青年诗人发言，感谢《中华诗词》杂志社、河北涉县提供了这次活动机会；感谢老师们的指点和关爱，立志承担起青年诗人的责任，继承和弘扬中华诗词文化。

2021年第7期